一辆马车从河西走廊驶来

刘梅花 著

敦煌文艺出版社

图书在版编目（ＣＩＰ）数据

一辆马车从河西走廊驶来 / 刘梅花著 . —— 兰州：
敦煌文艺出版社，2023.7
ISBN 978-7-5468-2388-1

Ⅰ . ①一… Ⅱ . ①刘… Ⅲ . ①散文集—中国—当代
Ⅳ . ① I267

中国国家版本馆 CIP 数据核字（2023）第 123908 号

一辆马车从河西走廊驶来

刘梅花　著

责任编辑：尚晶晶
装帧设计：王一茹

敦煌文艺出版社出版、发行
地址：（730030）兰州市城关区曹家巷 1 号新闻出版大厦
邮箱：dunhuangwenyi1958@126.com
0931-2131536（编辑部）　　0931-2131387（发行部）

兰州银声印务有限公司印刷
开本 880 毫米 ×1230 毫米　1/32　印张 7.25　插页 1　字数 180 千
2025 年 1 月第 1 版　　2025 年 1 月第 1 次印刷

ISBN 978-7-5468-2388-1

定价：48.00 元

序

河西走廊，木简写书

有时候，我有个奇怪的想法，希望吃到和祖先一样的食物，过和祖先一样的生活——长袍阔袖，席地而坐，陶器里盛放着简单的食物，伴着篝火、沙漏，读一册一册的木简。

虽然千年时光，但就人类的进化过程来说，并不漫长。我们还在吃祖先吃过的沙米、沙葱，生着古人也会得的疾病，还在用着祖先总结的生活经验。还是和古人一样，读书写字，大野看花。

透过史书的背后，是疏朗的光阴，漫漫的，洒脱的，一笔一画，投影在一枚枚汉字上。仔细读，是时光的味道，淡淡的，温暖的，苍凉的。

木简一枚一枚陈旧古朴，许多事情，锈在河西的光阴里。偶有闲暇的人来翻阅、擦拭、打磨。这样的木简，是一枚枚紧绷的弩，只要轻轻一拉，就嗖嗖射出河西走廊的光阴。

古人留下一枚枚汉木简，那是光阴的马车。我们搭乘这辆马车，想返回汉朝的某个时分，看看祖先被风沙和时光包裹住的智慧。祖先和我们，被这样的马车联系着，我们之间的誓约，难以解释，根基深到千年又千年。

汉字真的不曾舍弃我们，留下与我们基因密切联系的木简——让我们知道汉朝的日常光阴。就连汉朝的凉州大地上生长的草木，汉字也一一指给我们看。喏，这是秦艽。喏，那是蓼莪。

祖先深爱着我们，留下散落的木简——看，你们的饮食喜好合适否？你们身体里的疾病是我们遗传的否？凉州大地上的草药茂盛否？田野里的庄稼茂盛否？

基因、方言、食物、庄稼、疾病、文化，我们与祖先之间紧密缠绕的东西，搭乘着汉木简的马车，从时空里走来。我们虽然远远地和祖先散开，远得无边无垠，但猛然一回头，我们还在祖先留下的食物体系里转悠，说着和祖先一样的方言，过着和祖先一样的生活习俗。

一个阳光暖暖的下午，我趴在桌子上看几帧医药木简的照片，仔细揣摩每个字的意蕴，慢慢地看了一下午，内心升腾起一种苍凉的感动。多么渴望走进这些文字的内心世界啊！河西走廊，神秘而疏朗，花朵一般，在我心里盛开又合拢。

种地，迁徙，用石头筑起一座城堡，用马驮着牛毛编织的帐篷。有人弹着琵琶，有人种下一棵槐树；有人醉酒骑马，有人游荡山野。

耕地的牛乏了，山里的羊群渴了，白马累了，都在山下的河里饮水。河水流淌在河床上，像青石头砌成的一个水槽。匈奴人的马匹，西夏人的牛羊，都被风吹拂着，毛在风里张扬。

时光缓慢，河西走廊的人们拾掇日子。他们修补马房，酿酒，晾晒衣裳，编织笼缰；还要铡草，还要晾晒草药；还要去磨坊磨面，还要在冬至这天祭祀祖先。

很多时候，我觉得自己像个古人，坐在千年前的阳光里，读书写字。檐下，麻雀在噗噜噜倒腾光阴，鸽子咕噜噜念诵来自西域的经文。我穿着汉朝的衣袍，摊开一枚木简，开始蘸墨汁书写。

门外的土路上，一匹毛驴驮着两桶清水，麻雀在白杨树上吵架，采诗官路过我家门前。官道上疾驰而去的是凉州大马。还有一辆马车，拉着历史，吱呀吱呀缓慢而来。千里河西走廊，村庄在野，庄稼在野，草木在野。

粗布袍子的我，有一间自己的屋子。也有茶。我拈着一枚新的木简，一笔一画写。阳光一页一页被光阴撕下，日子一天一天缝补忙碌。谁在古城堡里打铁？谁在老凉州街巷吆喝？谁在西夏的清水里洗粗布衣？谁在月光下点燃火堆跳舞？谁在大雪里拓下河西？谁在山那边打听神仙？

菊花青的大宛马在雾气蒙蒙里打着喷嚏，一声比一声醇；野菊花拆开两盏，一盏比一盏温暖；旱獭打着狼毒花的伞，一朵比一朵艳丽；河滩里羊的白骨，一根比一根孤独；白石头山的篱笆，一圈比一圈神秘。

光阴缓慢度过，虽然慢，却也不会停留。河西走廊的驼铃，一声一声，散落在光阴里，柔和，清美。河西走廊，人简俱老。唯有沙葱、野韭、灰条子、白蒿这些草木不老，还是千年前的模样。

目录

CONTENTS

西夏谚

　　成吉思汗攻打西夏的时候，先打哪个？是黑城。
西夏的城很难攻破，因为党项人剽悍，根本不投降。况
且成吉思汗的习惯是拿下一座城，劈手就屠城。对黑
城也不例外。

　　光阴层层叠叠，黑城消失在风沙里。1905年，有
个俄国人摸到黑城遗址，挖出一批西夏的东西。估计
是当年城破时，有人深藏在地下的。其中有一本西夏
文的书，记载了民间谚语。后来该书被译成俄文出
版，书中保留了影印的西夏原文。

　　再后来，中国学者根据西夏文原本，译成汉语。
这本书很珍贵，我只见到了其中几页，是朋友复印给
我的，原书都不曾看见哩。

　　一场山呼海啸的征战，万箭穿城，也穿过历史的
烟尘。西夏的骑兵退下，成吉思汗的步兵退下。残存

的西夏文字，像一支支利箭，射入茫茫时空。千年后，有那么两支，被我窥见，拿来与君切磋——

赏心悦目者。

僮倌牛颈项，禽脚短为好。

女子马脖项，鹰脚长为妙。

家禽的脚，牛的脖颈，还有僮倌的脖颈，短而结实者好看。

鹰的脚，马的脖子，女人的脖子，细长为美。

一开始我想不明白，牛马是一伙的，为啥牛脖子要短，马脖子要修长？仔细琢磨，果然。倘若骏马长个短脖子，委实丑。而牛脖子下，赘着一大片松垮垮的赘肉，倘若脖子太长的话，像一面厚旗子，丑得不要不要的。所以，牛要藏拙，脖子短好看。

转瞬即逝者。

五月如骆驼，衰朽将倒毙。十月如黑鹿，远逃劫伏去。

西夏人体格健壮，打猎不过是小菜一碟。十月是围猎季节，倘若黑鹿跑得不快，分分钟变成烤肉。不过，我从没听说过黑鹿，大概绝种了。贺兰山岩画上有长角的鹿，大概是黑鹿吧。

可是五月和骆驼是怎么回事呢？骆驼是西夏"泼喜军"主力呀。几百峰骆驼，驼峰上架着抛石机，纵石如拳，乱石飞溅，宋人恨透了这支旋风炮。而成吉思汗有一次抢了西夏的骆驼，喜得不行。

按理，不该"衰朽将倒毙"呀？大概是指老朽的骆驼吧。或者民间说，五月的骆驼，灰不溜秋。可能五月对骆驼是个劫。也可能，西夏的五月是个不吉祥的月份。

最容易的事。

诱捕空中鸟，一举手上来。父母杖童子，一打各逃奔。

西夏人是怎么捕鸟的呢？用网罩的吧？反正我觉得西夏的民间很穷，天上飞的，地上跑的，啥都逮住果腹。连最难吃的棘刺，也煮熟了吃掉。既然捕鸟很容易，说明常常吃烤鸟，也说明西夏鸟儿很多。按理，西夏地域牧场农田辽阔，不至于穷成这样吧？

事实上，西夏的赋税很重，有钱都缴税了。税品有很多种，仅我们凉州，就有麦子、大麦、麻褐、黄豆、粟、糜、秋等。据黑城出土的文书记载，除了纳粮税外，还有佣、草、水等税。

父母打娃，也很方便，抬手就是几巴掌。我小时候被奶奶追着打都逃奔到房顶上去过。那时候娃多，挨打的都是跑得慢的。

两样讨巧的事。

修网补眼，舔笔舔尖。

青衫窄袖的西夏人坐在屋檐下，慢条斯理拾掇渔网，修修补补，哼唱他们的歌谣：黑头石室漠水边，红脸父冢白高河。是的，西夏人是宋人的叫法，他们称自己的国家为白高国，西夏人的祖先居住在白高河畔，先祖的坟墓也在白高河流域埋着。

树荫翘在黄土屋墙上，他们的歌谣还在唱：母亲阿妈起族源，银白肚子金乳房，取姓嵬名俊裔传。渔网撒开，铺了一地，网住树荫和一地白日光。

舔笔舔尖，我们小时候也说。毕竟，河西走廊是西夏的地盘，有些东西就从光阴里漏下来。时光上溯几百年，我就是那个烧火煮饭的西夏女人。

毛笔蘸墨水，太饱了，笔尖在砚台边沿一点一点舔。钱大昕说，西北之境有黄羊焉，相传西夏有国时，尝取其尾为笔。

却原来，西夏的毛笔是羊尾巴毛，不是狼毫。

天下文字圣手书，地上岩谷龙足践。

西夏文人穿长衫不？他们研墨，舔笔，羊尾巴做的毛笔在纸上泼墨挥洒，写那些撇捺烦琐的西夏文。真的，西夏文撇捺太多，看起来一纸刀剑，有寒意。汉字最好，刀剑有克制，是最温暖的文字，才不寒光冷厉呢。

郁闷的事情。

吃炒面遇风吹，和面水已浑。

炒面，是小麦豌豆麻子之类的粮食炒熟，磨成面粉，直接吃。我小时候天天吃炒面，吃怕了，现在可一点也不想吃。原来，古代就开始吃炒面。炒面搁在碗里，有一种吃法叫干丢。没有水的情况下，捏起一撮面粉，丢进嘴里。这样吃的时候，倘若刮风，那就相当不美妙。游牧民族出门，肩上搭个褡裢，装了炒面，就可独步天下。和面自然要清水的，水浑浊，那可怎么办呢。

吃完棘草颚不穿，口小不嫌野菜苦。

可能百姓常常吃野草的，不然不会有谚语留下。连棘草都吃，可见是真穷啊。那么，皇宫里奢华到什么地步呢？李元昊的女人没藏氏喜欢打猎，有一次从贺兰山归来天已经黑了，下令路旁都点起灯笼。牛角灯笼明晃晃地蜿蜒几十里啊，想想看。

衣裳的贵贱等级之别。

户户紫衣不缫丝，人人为官莫敛财。

西夏的文官，穿紫衣。沈括说，穿紫衣者，达官贵人也，坐主位，座下坐者皆平民。

又说，中国衣冠，自北齐以来，乃全用胡服。窄袖，绯绿短衣，长勒靴，有蹀躞带，皆胡服也。窄袖利于驰射，短衣长勒皆便于涉草……

紫色是最高级的颜色吗？不是。西夏王李元昊穿什么呢？说是"衣白窄衫，佩凤角剑。"李元昊被称为凤角皇帝，他的剑叫凤角剑。

男子穿白衣，气质刚强而凌厉。何况李元昊本身就爱搞事情，动不动率领大军打仗，杀来杀去，把宋朝气个够呛。

那么，李元昊长什么样子？从河西墓道里的壁画上看，党项人一般都是面部轮廓分明的那种。前额突出，高颧骨，深眼窝，鹰钩鼻子，嘴唇饱满有形，连鬓胡子，长方脸。李元昊长得大概也如此吧。鹰钩高鼻子是一定的，因为李元昊死去的原因，就是被儿子宁令哥一刀削掉鼻子——倘若是个扁平脸塌塌鼻子，根本够不到鼻子呀。

至于西夏人，不一定都胡风。因为西夏人并非都是党项。可能山羊胡子的也有，眯缝眼睛的也有，薄嘴唇的也有，扁平脸的也有。

当时的凉州，各色人都有，也通婚，人种是杂交的。鲜卑人有，汉人有，吐蕃人有，回鹘人有，粟特人也有。李继迁攻占凉州之后，这些人自然都属于西夏人了。李明德迁徙银川，又把大部分凉州人带走。尤其是工匠和文人。

已入官场，应该两张豹皮夹紫衣，善上再增善。

已遭困境，恰如灰狼装入牛皮囊，有才难施展。

紫衣加豹皮，犹如美酒加咖啡，那可就锦上添花了。想想看，西夏的达官贵人，骑在高头大马上，紫衣外面裹一张豹皮，何等的高贵威风。

高原上有一种紫色的野花，因为紫外线的缘故，颜色特别纯。倘若是一朵，孤零零蹿出草窠，老远便可看见——有一种霸道的高贵气。

文官紫衣，武官什么颜色？绯色。

互饮残羹不嫌心，同穿补衲不觉丑。

穷人的外衣叫补衲。不过，后来僧人破旧的衣裳也叫补衲。单单看这两个字就破破烂烂，千针万线连缀起来的。大家都衣衫褴褛，也就不觉得丑了。民间说，破萝儿丢在烂筐里，谁也别嫌谁难看。

百姓穿青色、褐色、蓝色之类的。人穷到一定的地步，也就顾不得颜色了，能遮体就行。不过紫色和绯色一定要回避。白色更不行，王的颜色。

当然，壁画上的人物，都是有头有脸的。穷人，穿穿补衲算了，不会画到墙上去。

冰上行走靠长靴，雨天出门靠毡披。

常在户外的人，如放羊的啦、种地的啦，有一种衣裳叫毡披，拿来遮风挡雨。我老家现在还有这种毡披，我们叫毡衣。羊毛擀毡，直接擀出披风的样子，不缝补，囫囵一件披风。多大的雨都淋不透，多湿的地上一铺，都隔潮。又暖和又挡雨雪，放羊的人少了这件毡衣可不行。一件毡披，可以传几代人，也算是一份财产呢。

估计西夏毡披这样的衣裳，主要在河西走廊和寒冷的地方。银川地处河套，河渠纵横，用着毡衣的机会少。

日常打扮。

小妹为我，理理唇上须。

阿爹为我，梳梳头上髻。

黑城出土的西夏人物像，男子多留胡须，女人多梳高发髻。既然男子虬髯，女子须高髻才好呼应。西夏街上，男人秃发，连鬓胡子，女人云鬓高耸，白面红唇，说着叽哩呱啦的胡话，想想也怪奇诡迷人的。

欲无唇髭铁镊拔，欲无腹脂腰带扎。

大概美男子就是这么干的，拔掉胡子，扎上腰带，显得身材挺拔，面色清秀。

敦煌壁画中的西夏供养人，脸长，腮肥，修眉。看上去骨骼清奇，身材高大，不俗。圆领窄袖长袍，腰束带。

党项人的咒语。

野卜植石辞相和，角鸣剑舞敌逃遁。

因为西夏人不一定都是党项人，所以这个咒，仅仅是党项人的咒语。他们的占卜法有好多，如灼羊髀骨、擗竹、咒羊、缶击弦、植石等。

植石所占卜的内容是打仗的胜负。下句敌逃遁，正好与占卜的内容应验，即辞相合。西夏人很迷恋占卜，如果是吉兆，则士气大鼓，角号高鸣，刀剑齐舞，敌人很难招架。说实话，西夏人不好打，虽然成吉思汗灭了西夏，却也搭上了一条老命——实际上还不能算灭，只能算欲灭未灭之极，就死了。

成吉思汗天算地算，掐住了西夏最薄弱的脉搏——外面连年天灾，王室内部争权夺位，乱成一团。成吉思汗吃准这一点，围住兴庆府半年。

市易畜已尽，做食腕已断。

可怜的西夏末主李睍，粮尽援绝，城中地震，房屋倒塌，瘟疫流行——百姓和兵士都患病断粮，活不下去了。

虽如此，兴庆府也并不是唾手可得——为臣不惜命，射箭不择地势。

成吉思汗已经死了，但秘不发丧，不叫敌人知道。成吉思汗的余威，一波一波震荡李睍。李睍不知内情，最后献城投降。西夏兴庆府最后被屠城。可怜见的。李睍成为成吉思汗的陪葬。

气数已尽，是历史小说里常用的一句话。细细琢磨，也有道理。

植石占卜不知道如何操作，别的占卜有记载。一种是拿艾草熏灼羊髀骨，视其裂纹而判断吉凶。另一种是擗竹，以劈竹子的数目定吉凶——可是，是怎么劈的呢？至于咒羊，在夜里星辰齐全时祷羊，清晨杀羊，查看羊肠，羊肠通则吉，淤则凶。还有缶击弦，用竹竿敲击弓弦，以其声音来断吉凶。

西夏的动物们。

半夜犬吠贵不起，黎明鸟啼智不眠。

西夏人家，养犬也很寻常。早晨还是鸟儿吵醒的，可见生态环境多好。贵是有钱的人。智是聪明人，有智慧的人。半夜狗叫，有钱人自己不会起身，早有仆人去看。有学问的人，读了一夜书，黎明鸟儿叫了，还在用功。可能是这个意思。我蒙的。

西夏社会对文化相当重视，看看西夏文就知道。创建一种文字，单单凭心血来潮是不行的。《宋史·夏国传》记载："元昊自制蕃书，命野利仁荣演绎之，成十二卷，字形体方整类八分，而画颇重复。"

不过，西夏文字后来都消失了，剩下一鳞半爪，让后世人绞尽脑汁揣摩——西夏把成吉思汗打死，元朝索性不给立西夏史，顺便毁了西夏文。看看元朝对西夏王陵的毁坏，就知道当年被西夏打得多惨，结的梁子有多深。以至于很长一段历史时期，无人知是西夏王陵，还说是唐朝墓。

雕踞高地箭羽尖，鱼藏深水钓丝短。

雕太高，箭射不到。鱼藏在深水，钓丝够不着。总有一些动物，活到极致，可以避免祸患。

想想看，西夏能够和大宋撕破脸，和成吉思汗厮杀，跟西夏人的这种处世哲学有千丝万缕的关系。攻，有骑兵，所向披靡。退，有千山万壑藏身。

雄鸡不在，天无不晓。女人不在，灰无不扫。

日皆不日，马驰好日。夜皆不野，女来好夜。

这两个，有汉乐府的意思，我猜，他们是唱出来的。在田野里唱，不在家里。为啥呢？就凭"女来好夜"这句。凉州山区，许多民歌小调都不允许在家里唱。这个可能是古风。凉州人唱《五更调》，在黑城遗址挖掘出来的书籍里，亦有西夏文的《五更调》。

党项人溯了时光往上推，是拓跋人。唐初，拓跋部族被赐李姓，首领叫拓跋赤辞。依次是拓跋赤辞、守寂、思忠、仁颜、彝景、光俨、继迁。

西夏实行军民合一的军事制度。但凡成年男子，平日里种地，战事一起，都成为士卒。地方军队编制仍旧沿用原来的部落组成形式，由部落首领统领本部落兵马，并设十二监军司。

这个军事制度，实际上是汉朝在河西走廊的设置。李继迁这个人很聪明，他完全借鉴过来，管理自己的军队。

这跟"日皆不日，马驰好日。夜皆不野，女来好夜。"有什么关系呢？有，汉朝大量的典籍被翻译成西夏文，学子必读。好东西都借鉴过来，连民谣也一样。

更加有意思的是，西夏人虽然常常和宋人打仗，但宋词在西夏委实流行。大街小巷，田野阡陌上，争相唱的是柳永词。宋人柳永在西夏红到什么地步？"凡有井水饮处，皆能歌柳词"，你想想。

十羊有一肥，两院有一智。

这句跟三个臭皮匠顶个诸葛亮一样，不过更加雅致一点。

骏马牛羊，频繁出现在西夏谚语里：

狼犬脚印，霜雪掩盖。牛羊足迹，蝇虫扑来。

千男德行不相等，万畜毛色不相混。

设宴供神宰羊羔，追歼逃敌骑雄畜。

谚语贫乏，莫与交谈。牛马不多，莫与相食。

没有智慧人言空，没有高角畜群空。

高角是公牛。牛羊马匹，一遍遍出现，说明西夏人的日常光阴，畜牧业是重点，庄稼次之。按理，银川地处河套，可浇灌黄河水，农业不会差。可是，我手里这几页西夏谚语，庄稼几乎没有出现。

天地都爱辽阔，水草皆喜相合。

这就还得回到凉州来。凉州的牧场丰饶，地域辽阔，畜牧业是西夏的中流砥柱。

鹿躲藏难安稳，角枝易暴露。

虎豹出易辨认，皮毛炫人目。

你身上一旦有耀目的东西，很难隐藏于尘世。

大畜忍让，幼畜发胖。富商忍让，贫妇遭殃。

富商忍让，为什么贫妇要遭殃呢？真心不懂。

草下鹌鹑野鸡叫——扯破嗓子。

草中兔子黄羊跳——累折腰杆。

这个倒是易懂，看起来西夏的动物可真不少呢，啥都有。估计西夏的猎人也不会少。西夏的兵士大规模围猎，轰的轰，撵的撵，射杀的射杀。围猎不仅仅是逮来野味大吃一顿，而是调教战马，训练军队的协调性，培养兵士的应变能力和野性。

夏宋交战，宋朝的士兵体格不如党项人强健。西夏的兵士组成，是以党项人为主体的。从壁画上看，党项人比汉人高大，骨骼要宽。

他们以肉食为主，在旷野里奔跑的速度很快，耐力也好。

我在贺兰山的山谷里游荡过，岩壁上石羊飞奔，一群一群。那时候，动物应该更多。西夏的兵士，每年十月在贺兰山围猎，呐喊声彼此起伏。据说，有一种岩石会录下声音，在后世某个时分突然回放。像海市蜃楼，像沙漠里突然出现的幻象。不过，贺兰山没有听说过这种事情。

空中苍鹰，虽遇大雨，不钻草下。

砍下小雀，奋力一飞，难上晴天。

党项人尚武，他们有强健的体格，亦有野心。苍鹰是他们所欣赏的空中之王。

西夏的战马。

男养马，早先未养骑时养，如意难。

妇节俭，早先未省用时省，难应验。

马匹对西夏，简直相当于鸟儿的翅膀、老虎的爪牙。那么，西夏的战马打哪儿来？当然是我们大凉州——凉州之畜为天下饶。所谓"凉州之畜"主要指的是武威郡所产的马匹。

先看看凉州大马的背景。东汉时期凉州的战马达三十万匹。汉朝最高时有四十万匹战马。除去驿马、运输的驮马，倘若一个骑兵需要配备三匹战马，那么汉武帝能轻松拉出十万骑兵，震慑得匈奴不敢吭声。

唐初，有个拓跋人叫拓跋赤辞，是西夏源头祖先。当时还不成气候，不过是个部落首领而已。也没多少战马。

唐朝李氏，对战马有天然的驾驭能力。

唐朝最高的时候储备到七十多万匹战马，因此唐朝的骑兵规模在十八万左右。这些马主要饲养在甘肃。原因很简单，中原并无牧场。那么凉州的大马，是唐朝重要的战马来源。凉州有极好的牧草，还有大面积的苜蓿，温润的气候，保证了战马的繁衍生息。

还有一点，唐朝是个开放的朝代，许多胡人来凉州谋生，并不是都在做买卖，有一部分人在养马。他们养马养得相当好，驯马也驯得好。马是一种高贵的动物，深谙马的脾性，才能养出好马。唐朝的富庶，依附在善于战斗的勇气和信心之上。

唐末，黄巢起义，战火不断。拓跋赤辞的孙子，当时党项人夏州首领拓跋思恭对唐朝说，让我去打黄巢，试试看。结果，他打胜了。唐朝封他为夏国公，授定难军节度使，赐姓李——这是第二次赐，第一次他们不想要，没怎么用。

后来，宋朝和晚唐厮打，已经有夏、银、静等五州的拓跋一族趁机向西开拓，默默占下不少地盘。

金楼玉殿天帝坐，天道云径日月行。

宋朝得天下，拓跋一族已经历经了守寂、思忠、仁颜、彝景、光俨几代，到了继迁这一代。此时的党项人李继迁，是个非常有野心的胡人。他不满足对宋朝称臣，打算另起炉灶当皇帝。

李继迁和辽国联姻，娶了公主，被辽帝册封为"夏国王"。当王必须得有气派一点的首府，李继迁很快攻陷北宋的灵州，并以灵州为夏国首府。北宋无暇顾及，只好承认事实。

有了首府，必须要有军队战马才能长久立足。李继迁是个武士，对战马的占有相当强烈。他看中了凉州大马，紧接着，出兵凉州，没命厮打，攻占了凉州，盘踞河西走廊，截断宋朝与西域的商道。而且，拒绝卖马给宋朝。这样，宋朝的一条膀子就被党项人剁掉。失去战马的宋朝，战斗力顿然减弱，无法及时夺回河西。

凉州脱离大宋，战马都是西夏的，宋朝得不到。没有好战马，宋朝的底气不足。宋朝的步兵相当厉害，防御能力亦是强大。没办法，逼成那样，战马太少。但是，再厉害的步兵，跟骑兵对垒，还是相当吃力。骑兵的冲击力度太大，步兵胜在防御，不能爆发性攻击。所以，宋朝夹在契丹和西夏以及辽金之间，夹瘦了，瘦得没有血色，黄蜡蜡的。

北宋也没有草原，哪有地方养马。战马只能在天然草原养，才能培育出优良品质。此时，大规模饲养战马的凉州，被西夏牢牢控制在手上。

有志奔向天涯，有钢打出长矛。

宁射苍鹰不射兔，宁捕猛虎不捕狐。

党项人勇猛好战。这样，李继迁便从容地在凉州飞快发展，壮大自己的力量。党项人拧成一股，依仗着凉州大马，打吐蕃，胜；打回鹘，胜。到了他儿子李德明时，已经隐隐有了大王气派。这气派的后面，是战马给的底气。凉州扎稳脚跟之后，李德明华丽转身，直奔怀远镇（今宁夏回族自治区银川市），后来改名为兴州。

人在群中不智，马在群中不跑。

这一年，李德明的千顶帐篷从凉州拔地而起，黄尘滚滚，车马萧萧，一路迁徙，向着宁夏银川进发。这个党项人的王，自称嵬名氏，鹰钩鼻子耸起，目光凌厉，对他的儿子李元昊说：我们要去的地方，富足美丽。西北有贺兰之固，黄河绕其东南，西平为其障蔽……天时地利人和，可以牧马种地，可以出兵攻击，亦可牢牢防守。这是神人允协，所以我们急宜卜筑新都，以承天命。

不留在凉州，是因为河西走廊，终究不过是后院走廊，巢要另占。

当然，凉州是他的大后方，千万匹肥硕的战马预备着，他心里有底，才可以通体霸气。

成吉思汗深谙此理，打蛇打七寸。他攻打西夏时，先拿下河西走廊，背后捅一刀，西夏顿时吐血而亡。西夏历经十帝，享国一百八十九年。

云梁枪一举，

凤角剑一悬。

公元1038年，李元昊在宁夏银川建立了西夏王朝，自号"大白高国"，定凉州为辅都。

李元昊常常亲自率领大军搞事情的。他称帝之后，和宋朝撕破脸干仗。这一时期，李元昊的兵力在三十到五十万之间，战马大约五十万匹，其中凉州储备着三十多万匹。凉州的马匹，都是战马。别处的，驿马、驮马都有。

那么，宋朝怎么样呢？北宋的战马，真宗时期养马二十万匹，几乎就是巅峰了。这二十万匹战马，并没有多少精马，只能拉出约四万骑兵的军队。宋仁宗时，骤然下降到十万匹。北宋末年，降到九万匹。到南宋，只剩下区区一万多匹。

这样一来，宋朝的战马就显出劣势。宋朝的战马，基本都是茶马互市买来的。来自辽国的蒙古马，矮小，短胖，突击能力差，无法和西夏的凉州大马抗衡。来自西南的马匹，驮运尚可，作战不行。

宋朝在当时可谓超级富国，可是有钱也有买不到的东西。他们没有漂亮的战马，缺少西夏那种强烈的尚武气息。而西夏，拒绝卖马给宋朝。即便是几番谈判，宋朝也只得到一些劣马，至于凉州大马，一匹也没有。西夏的马匹交易控制得相当严格。

所以，西夏人的日常生活，就是从养马开始的。要早先养马，不要等着骑时才想起没有马。民谣是什么？就是日常光阴里提炼的精华。

夷骥似鹘步绝伦，毛驴骏马料相同。

夷骥是骏马，鹘是一种猛禽。大概骑战马的时候，还有一种猛禽跟着。好大的气势。

毛驴在西夏应该也很普遍，虽然动不动要炝蹶子，但干活却肯出力气。自然，吃料和马料也一样。料是豌豆瓣，我们河西走廊现在还这么叫。了解西夏的习俗，离不开凉州。毕竟，西夏是从凉州发展起来的。

良马十倍价，欲贩怕跌价。

无衣又无马，谁能向前奔。

骏马十价骑手弱，坠鞍断腿名声落。

养畜发财名好，育子成才众爱。

可见，好马非常贵。骑手也得相配。西夏人的骑兵非常厉害，骑兵的铠甲繁复，加上交缠的铁索，马匹的承受能力相当强大，力气小的马根本驮不动。尽管这样的重甲之下，战马仍然保持冲在第一线的爆发力。骑兵叫铁鹞子，又称铁林，是西夏最精锐的骑兵部队。铁鹞子配的战马，都是从凉州马里精选的高臀宽肩大马。西夏的骑兵盔甲上闪着寒光，骑在凉州大马上，威风烈烈。

铁鹞子骑兵，据史籍记载：西夏用兵多立虚寨，设伏兵包敌，以铁骑为前军，乘善马，重甲，刺斫不入，用钩索绞联，虽死马上不坠。

还有步兵，叫步跋子，翻山越岭，健步如飞。西夏军作战，骑兵为前军，突击敌阵——战马嘶鸣一路狂奔，暴雨般的马蹄声骤然响彻旷野。步跋子紧紧跟在后面。铁骑突阵，阵乱则步跋子冲击。

打埋伏仗的时候，步跋子藏在路边，用钩索绞勾对方的战马，骑兵随后杀来，配合得很默契。这是宋朝胸口的朱砂，想一想都疼得厉害。但是，得不到啊，良马，良马！

肠子露，腰上缠。

腹子破，用草填。

心怯也别趴下，

箭尽也别投降。

如此野心，党项人打仗凶狠可见一斑。西夏和宋朝打过几次大规模的战役，骑兵发挥了决定性的作用。宋朝的步兵实在干不过铁骑。西夏的兵士和马都身着重甲，宋朝的刀箭穿不透他们的盔甲。西夏士兵用铁链子把自己套在马上，犹如钢铁之狮，冲击力度非常大。铁鹞子布阵，有一种鱼鳞阵法，很强悍。铁骑小队就像鱼鳞一样密布，然后迅速冲击，步兵基本招架不住。后来宋朝的攻击性兵器里，有几种专门砍杀马腿的，比较有拦截力。有一种拦截铁骑的桑木弓弩，一次射出十几枚利箭，射程远，高度刚刚射到马匹膝盖位置。马失前蹄，战斗力锐减。

宋朝拦截得力，西夏一次次地征战，马匹的损耗非常大，除了死伤掉的，还有一部分被宋朝俘虏。西夏有五十万左右的常备军马，战争消耗掉的马匹，基本都有凉州大马提供补给。

世上正事三件：畜牧、耕作和商贩。

天下坏事三件：偷盗、行骗和赌钱。

畜牧是党项人的第一件大事。西夏时期，凉州的天然草场有几百万亩，单单是甘州牧场，就有两百多万亩。水草茂盛，雪水充足。加上大量土地种植的苜蓿草，为大规模放养战马提供了条件。

日有人，夜有狗。守牧场，看草料。

西夏的赋税，并不轻。百姓除了交纳正赋外，还要交纳草捆。史籍记载得很清楚，一户人家要交纳多少捆，多少束，多少厘，很精细。这些干草，是战马冬天的口粮。倘若战马瘦弱营养不良，养马人和马监都要受罚。战马除了吃草，还要吃料。料就是粮食。喂养一匹战马，消耗的粮食大概是三到五个兵士的口粮。想来当时凉州的粮食种植也够庞大的。

黑城出土的土地税账文书：一户罗般若乐，大麦一石一斗五升，麦两斗……另一份记载：迁溜吾移……麦七石三斗二升七合半，草二千九百三十一捆……

拿这么多的钱，除了维持王宫里奢侈的日常开支，一部分肯定要拿去买铜、铁、硫黄之类的战略物资。

西夏对凉州的马场，所有战马都要登记造册，一年有多少母马，要缴多少马驹子，都有严格的定数。每年一般是一百匹母马，五十四马驹子。老弱病残的，也要编号登记在册。

疾如奔马飞腾跃，静如夏日缓缓行。

道长骑马显威力，人寿饮酒相为伴。

有心养畜，市中挑取。有意尝苦，饲养马匹。

翻阅西夏谚语，扑面就是马蹄印，拓在泛黄的纸上，深深浅浅，延续在河西走廊。似乎凉州大马刚刚走过去，马粪还冒着热气，车辙还鲜鲜的，连一只废弃的马掌都可以寻到。

西夏的买卖。

有羊比比番地梁，有钱觅觅汉榷场。

看官，这两句话重要得不得了，是整个西夏谚语的核心，万万不可一笑而过，细思极深。

前一句，比比，是数量多的意思。西夏的羊多得数不过来。后一句，汉，指宋朝。榷场，是宋朝设置的贸易场所。重点在哪里？在榷场。

比起元朝对西夏的恨入骨髓来，宋朝要大度得多。虽然西夏有事没事跑到宋地挑衅，抢宋人的财物。西夏人创建文字，把汉字拿来当底子。西夏人建立各种制度，把宋朝的制度拿来借鉴。读书，宋朝有，翻译一下。工匠，宋朝有，教一下。制造业，宋朝有，援助一下。不要那么小气。受灾没粮食吃了，哭哭啼啼找宋朝，大哥，你不能见死不救，夏人往上溯还是你大宋子民呢，要点粮食吃怎么了？缺钱了，找宋朝，哥们，咱们互市一下怎么样？我家上好的皮毛换你的银子。什么？大哥你想买马？滚，没有。

宋朝的陶瓷制造业委实繁荣，陶瓷好得不得了。西夏眼热，一趟一趟打发人去求，大哥，我们也想烧制陶瓷，技术传授一下呗。宋朝答应，派遣匠人教授。后来，西夏的陶瓷差点赶上宋朝，凉州就有很多大规模的西夏陶瓷坊遗址。

宋朝想学习一下西夏的桑木弓制造，被西夏一口回绝——不行。

宋朝不计较啊，打仗归打仗，援助归援助，做买卖就做买卖呗。宋钱和西夏钱币同时在西夏流通。宋夏之间，设置过若干榷场。西夏卖给宋朝的，是皮货，药材珠玉等。宋朝的粮食布匹，七杂八货，卖给西夏。

宋朝也喜欢榷场，不断在辽、宋、西夏、金边界地设置互市，做买卖。一来控制边境贸易，二来赚银子买马，三来探听情报，安边绥远。当然，一旦打仗，榷场就废了。两家和好，再设，没关系。

怎么交易呢？有牙人从中撮合。牙人评定货色等级，兜揽承交，收取牙税。这种人我们凉州现在还有呢，在畜生交易市场，买卖双方不许直接接触，必须有牙人从中周旋，袖筒里捏指头出价钱。这亦是凉州古风。

当然，西夏死死不肯卖战马。宋朝紧紧捏住铜铁、硫黄、焰硝、箭笥之类军用物资，也不肯交易。

可是，宋朝想要战马，简直想得不行。怎么办？借助榷场，有胆大的西夏商人，偷偷卖。宋朝官员对西夏商人说，你卖给我战马，我给你经济支持，而且你在榷场卖啥都不用缴税，咋样？好，击掌，成交。

西夏急需硫黄、铜、铁造兵器，暗地里找宋朝商人私相授受——

哥们，卖给我这些紧俏东西，几山的羊赶给你。咋样？好，击掌，成交。

有羊比比番地梁，有钱觅觅汉榷场——两句民谣，泄露天机。世上没有商人办不到的事情，只要有榷场这个平台。

这样，榷场外的走私贸易委实火爆，西夏人这才唱着歌谣说，"有钱觅觅汉榷场"。觅觅，这两字透出的背景，就是走私。走私成功一笔交易，可以阔绰吃喝好几年。说实话，西夏人比宋人穷。靠老实做买卖，税可不低，根本发不了大财。

无货愿与尊相伴，无资愿与特相祈——这两句亦是大有深意。尊，是财神。特，是神灵。此条表面上看，似乎是商人祈求财神佑助，实则另有含义。

普通的买卖，针尖削铁。薄利，虽多销也只能糊口。但是，安逸呀，依着货物纳税，怕个甚。做什么买卖风险大，提心吊胆需要神灵保佑？是军火生意。

西夏常年打仗，缺什么呢？兵器。一场厮杀，损兵折将，消耗无数刀箭。李元昊时期，西夏有多少兵力？兵士约五十万，战马约五十万。这一百万人马，人要兵器铁衣，马要鞍鞯马镫，缺了铜铁可不行。可是，西夏的金矿有限，铁矿凑合，铜矿显然不足。

这样，军火走私商人应时而生，挖宋朝的墙角。铜铁是宋朝的战略物资，自然不会轻易得到。无货愿与尊相伴——没有货，走私商在宋朝游走寻觅，求神保佑找到货，确切地说，能搭上线。没有宋人官员的协助，他们做不成这宗买卖。读《水浒》，就知道当时宋朝的官员何等的爱钱。

敦煌莫高窟有一条西夏文题记：墨勒原籍凉州，为找料石，来到沙州地界。料石即矿石。凉州人跑到沙州，寻求矿石。可见西夏的矿产资源匮乏。

题记透露出的信息，是凉州人最先掌握了开采冶炼的加工技术。因为西夏的主体是党项人，他们对冶铁技术肯定不甚懂得。虽然打仗厉害。

凉州人自古用一种风箱，现在乡间还有。这种风箱鼓风量大，将风连续鼓入炼炉，保持炉内的高温。使得西夏冶炼业日趋精良。

西夏的兵器制造。

风催云，雨将来。制弓匠，坐台上。

当然，宋朝也挖过西夏的墙角，彼此彼此。沈括说，西夏能制作一种弓，叫神臂弓。"能洞重扎""最为利器""以厌为身，檀为弰，铁为枪镗，铜为机，麻索系扎丝为弦。"神臂弓射程既远且深，简直所向披靡。

马可·波罗说，成吉思汗就是被西夏的神臂弓射死的，箭头上涂了毒药。宋朝成功挖走了这种技术，并且加以改进，威力无比，能和辽、西夏、金抗衡，立下汗马功劳。宋朝虚荣，说是某人献来的神臂弓。明明是费尽周折挖墙脚弄到手的。

风催云，雨将来。制弓匠，坐台上——说明风雨欲来，西夏已经进入戒备状态，随时投入战争。成吉思汗的战马一声嘶鸣，漠北扬起遮天沙尘。西夏已经嗅到山雨欲来的味道，制弓匠立刻坐到台上。而宋朝呢？《清明上河图》中，兵士东歪西倒睡在兵营门口的大树下，整个画面找不到多余的一匹马，叫人着急。

实际上，就算风雨不来的日常时光，西夏人就是一边放牧种田，一边打制兵器，不会松懈。当时河西有一种树木，叫箭树，枝条柔韧弹性又好，制成的箭杆和神臂弓很相配，发射出去，"能洞重扎"，枝枝夺命。倘若配上青铜毒药箭头，更加犀利无比，见血封喉。树不多，只有一山。后来这种树绝迹了，野史说成吉思汗攻打河西走廊时，被西夏人放火烧山，箭树绝种，后世再也见不着——杀戮过重，被老天收走了。

不过，我觉得那一山箭树是饮火自尽的。活在世上光是被拿去做箭，造孽的，活个什么意思呢。

弱汉头上敌扬威，打头穿胸箭一条。

中不中箭要放正，透不透靶要停稳。

这两句细思极恐。靶，不是打靶的那种木头牌子，是活人，指射杀的目标。

夜读西夏谚，冷不丁打寒战。文字的背后，是一种冷厉的气息，凿通千年时空。汉人的《诗经》半部书写草木，半部书写爱情，思考的是人与自然的关系。而西夏谚语，十句不离本行，时时有危机感，思考的是与邻国的关系，自身的安危。党项人果真是战斗民族。

读西夏谚语，读出一种紧绷绷的神经。看《清明上河图》，瞅出一个松垮垮的宋朝。

线不美，难成衣。味不美，菜难吃。

一般制衣，用布，不用线。而这个线，不是普通的线，是铁丝。西夏的铁鹞子，穿一种铁衣，也叫铁环盔甲衣，是最好的盔甲。西夏对付宋军的战略战术是：国家用铁鹞子以驰骋平原，用步跋子以逐险山谷，然一遇陌刀法，铁骑难施；若遇神臂弓，步奚自溃……

铁骑，离不开铁衣。这种铁衣，我专门到银川去看过出土的实物，非常讲究。铁衣制作需要相当高的技艺，一般的铁衣，是用铁丝套扣缀合成衣裳，环环相扣，形如网锁。而西夏的这件铁衣显然不是铁环套扣的，它是用一根铁丝直接织成的——套头穿，紧身，窄袖，衣领是铁丝和麻布合成的，不会磨破脖颈。下摆开豁口，坐在马背上刚合适。铁衣韧性相当好，贴合身体不会束缚。这样的技艺，也只有宋朝才有，只不过被西夏挖过去了。挖墙脚，西夏一绝。我们不搞原创，只是大宋的搬运工——不学勇士何言勇？效法强者不为弱。

为啥说线不美，难成衣呢？铁衣用的铁丝，柔韧度相当好，不是普通的铁丝。估计冶炼技术难度也高。你想想，铁衣能达到"皆冷锻而成坚滑光莹，非劲弩可入"的地步，需要多高的技术呢。

铁衣原本是宋军的。但是宋朝以步兵为主，得步行啊。士兵穿着沉重的铁衣，奔跑不动，毕竟是铁丝，扭曲活动不如布柔软。而西夏是骑兵，定定儿坐在马背上，身体不运动，降低铁衣对身体受力点的压强，避免盔甲磨破身体，所以铁衣更加适合他们。

剑磨锋利快装鞘，别让锋刃消蚀掉。

总望背后家远，常躬腰杆失刀。

去毛不连皮，宰羊刀不沾。

这几句透出的消息是，西夏人日常带刀，且刀刃锋利无比。

西夏中后期，打制的刀剑犀利，非常厉害。厉害到什么地步？宋朝都想办法得到。大宋当时的武士和文人学士，倘若随身佩带一把夏国刀剑，那是相当时髦的。《宋史》载，宋钦宗曾"佩夏国宝剑"，后来将它赏赐给王伦。有人垂涎此剑，留下诗句三尺："红妆拥坐花照酒，青萍拔鞘堂生风，螺旋铛锷波起脊，白蛟双挟三苍龙，试人一缕立褫魄，戏客三招森动容。"

宋人就有这个毛病，拿到一把刀剑，不是去想着打仗，而是挂在腰里显摆，尤其在女子面前。还以为自己是个美男子，觉得自己潇洒得不行。与西夏人对未来时时有危机感相比，宋人温软，最在乎眼下风花雪月，浅唱低吟。

不过，大宋的文人委实包容，尽管被西夏打得头破血流，还是老老实实给西夏立传——兄弟虐我千百遍，我待兄弟如初恋。不像元朝，恨不能在地球上剜个洞把西夏连皮带毛捣进去，一个字都不留，白茫茫大地真干净。

西夏人特别喜欢宋朝文人那种士的气节。他们说，君子住此处，名号扬四方。

他们对宋朝看得很清楚，嘲笑宋人：不敬智慧敬衣衫，不爱守信爱守财。

知此知彼，西夏把自己紧紧绷在一根弦上。凡尘之人，自然都有弱点。成吉思汗趁着他们争权夺位，咔嚓一声掐断长弦。

祖辈辩才道不尽，弭人谚语说不完。

这两句，是西夏影印原文的开篇，我挪到最后。

辩才，是制作谚语的才士。弭人，是党项民族的自称，又叫弭药。他们的歌谣里唱着：弭药勇，天地狂。为啥这么叫呢？《隋书·党项传》记载："党项羌者，三苗之后也。其种有宕昌、白狼、皆称猕猴种。"

　　其实，辩才才是真正的弭药勇士。成吉思汗摁住了西夏，没有摁住文字。经过了多少光阴打磨，经过了多少世事沧桑，一本西夏谚语，从时空隧道里漏下来，透露给后世一点消息，悄悄撕开一扇西夏的天窗，叫后世人窥见。党项人说，你们的全世界，我曾来过。你家门前，我曾路过。

凉州古城堡

有一年，我在凉州沙漠里，遇见了一座古城堡，叫高沟堡。

整座城堡都腐朽了，连同那远古的喊杀声、战鼓声。时间能把最坚硬的东西打磨得只剩下想象——诸神也不能改变过去，但想象可以。

古城堡曾经肯定也是繁华过的，是什么原因让古堡变成废墟了呢？有没有这样一种可能，古堡的消失源于一场瘟疫？于是，我开始编造一个故事——我最爱胡编，简直爱得不行。

北凉时期，凉州的沙漠里，有一座城堡。北凉王沮渠蒙逊就住在城堡里。城堡里生活着西域来的商人，粟特人、胡人、匈奴人、汉人。古堡的日子和别处一样：穿软底靴的胡人在鬼箭树下跳胡腾舞；半裸的傻子躺在墙头上睡觉；羊皮贩子把一张一张的羊皮泡进硝水大缸里熟皮子，发出腐败的味道；姑娘们结伴逛街，披着柔和的轻纱；西域商人裹着亚麻布袍子兜售香料；工匠在寺庙里忙碌，颜料染在手臂上；喝醉酒的男人扭打在一起，拉不开，用胡言汉语吵架；铁匠抢起大锤，叮咚叮咚砸烧红的铁块……

古城堡的日子，天天都这样，走出去一些人，又进来一些人，大家都踩着干燥松脆的沙子来来去去。可是有一年秋天，整个古堡突然安静下来，到处一片死寂。一场始料不及的瘟疫到来，街道上骨瘦如柴的人走着走着就倒在地上。

有一条巷子叫骆驼巷，有个叫阿禅的姑娘在巷子里行医。疫情肆虐，阿禅姑娘每天在巷子口支起好几口大锅熬药煮粥，赈济灾民。阿禅是个瘦弱的姑娘，她深爱着沮渠蒙逊的大将军野利。

野利将军站在高高的城墙上，就能看见骆驼巷的阿禅姑娘——她胸前挂着一个很大的嗅囊，装满了研成粉末的中药，香草、白芷、藿香、板蓝根、旋复花、苍术……这些中草药芳香宣肺，能够抵御瘟疫的侵袭。

皇宫前燃起一堆一堆的大火，沙芦苇、骆驼蓬、沙米、沙拐枣、风滚草、红柳、沙霸王——这些草木卷着巨大的火焰，冒着青烟，隔绝瘟疫传染到皇宫里去。

皮货商是个乖戾易怒的硕壮男人，他有两窖银子，三十坛金子。然而他染了瘟疫，眼睛里发出微弱的光，虚弱得说不出话。瓷器店的赫狗狗满满一院子瓷器，什么样的好东西都有，可是他发烧好几天，说胡话，滴水不进。小偷狐火哥昼伏夜出，越过皮货商高大的墙头，盗走一只金子火盆。又从瓷器店后墙掘开洞，偷走红花瓷大瓮。乞丐沿着街道，挨家敲门，求得半碗剩饭。

狐狸巷突然失火，因为没有足够多的人救火，整个巷子被烧成一堆废墟——坍塌的梁柱，残断的墙，破碎一地的砖头。愁眉苦脸的穷人没地方安身，就睡在火烧过的残骸庄廓里。傻子蜷缩在半塌的庄宅，破衣烂衫跟破败的宅院一样残败。有人在顶架塌毁的亭子里找到石臼，搬出来碾打草籽。巫女紧紧抱着羊皮水囊，牵着一只羊，走到布满裂纹的高墙阴影下稍息片刻。

天气变得异常闷热，没有风，不下雨。阿禅仅存的粮食和草药都用光了，她给自己留下了一缸糊口的粟米，一筐抵御瘟疫的草药，然后闭门不出。她在自己宅子里读医书，记录瘟疫中的种种症状，类似于病历。

野利将军是个匈奴人，在夜里来看她。他呼吸着充满瘟疫的空气，披着惨淡的月光，胸前挂着装满药物的嗅囊。他忙了一天，神态非常倦怠。野利将军走过皇宫前的青石板大道，拐上一条砂石路，骆驼巷从浓密的胡杨树枝后露出来。

骆驼巷住着脸上有麻子的守夜人、车轱辘匠、裁缝、木柴贩子、绸缎商，还有晴耕雨读书院。巷子里很多胡杨和柰树。还有大丛的荨麻，枝叶快要枯了，正在变黄。

巷子尽头是阿禅的院子，野利推开沉重的木头庄门，进到院子里。照壁前堆着一小堆干硬的麻黄草，他点燃干草，麻黄的气味蹿到空气里，一种辛辣又略微有些苦涩的气味弥散。火苗扑跃，他从火苗上跨过去，把一路带来的瘟疫之气熏走。他走到屋檐下。

夜太深，阿禅已经睡了，她的窗前没有灯光。葡萄藤从院子里爬过来，一直爬到屋檐上去。野利将军就站在葡萄藤下，用柔和的目光打量着院子。藤蔓在夜色里密密匝匝缠绕着，柰树和莎草发出幽幽清香。

沮渠蒙逊的采诗官坐在寂静的官宅里，孜孜不倦地记录着大街小巷里流传的瘟疫歌谣。笔尖飒飒游走，繁体的汉字被写在木简上——那时候植物草浆的纸还没造出来，莎草纸、麻纸、牛皮纸、桑树皮纸出现在很久以后的时空里。而羊皮被从硝水缸里捞出来反复揉，放在草木灰里鞣制之后的羊皮纸，只有国主沮渠蒙逊发布命令时采用，太贵了，用不起。羊那么少，文人的废话那么多。还有那么些书呆子，倘若自己的连篇废话没有被采诗官录用抄在木简上，就天天骂，跳着脚骂，穿过大半个城堡跑到采诗官门前叫骂。

采诗官有好几个童儿，研磨，打磨木简，串木简，晒木简，卷木简。还有几个石匠，负责把国主颁布的命令刻在巨大的石头上去。还有负责校对的编辑，仔细核查，看有没有刻错字——若是古代，我倒是可以胜任这个工作，可以从沮渠蒙逊的官仓里领取五斗米，六斗更好。不要粗粟，不要沙米，不要灰条子，要碾打过的精米。不给精米就不干。大家都是有脾气的人，彼此挑剔也没有关系。

沮渠蒙逊的御医跪在书库里，哗啦啦一卷一卷拆开医典木简，寻找对付瘟疫的药方。有些医药木简放的时间太久了，被虫蛀蛀，字迹看不清。当然也有些医简因为多次审阅，不断地拆开卷起，麻绳磨损，一抖就断了，木简乱纷纷散落一地。有些医简采用的木料材质不大好，才翻看了几回，木简就走样变形，皲裂开，一个字裂成两半，像被人拦腰砍了一剑。还有些写在绢帛上的珍贵处方，竟然被老鼠咬得破碎朽烂，连一个字都看不清了。

也有几卷字迹干净的木简，清晰可读，正是木简应该有的模样。每一个字都是苏醒复活的草木，箭一样射出来，攫住瘟疫。然而这样的木简不多。

御医顶着一头灰尘，胡子上也是木简碎屑，他叹息着摇头，跪在一堆凌乱破败的医简前嘀嘀咕咕，抱怨个不停。

城堡里最高的观星楼尖塔顶，披着玄色长袍的星象师独自阐释，对着天空冥想。他的大徒弟燃烧蓍草，反复查看蓍草传递出来的信息，那是神的口谕。小徒弟披着插满羽毛的披风，脸颊涂满赭石，腰里挂着铜镜，临风而舞，通过肢体动作来预言瘟疫在未来日子里的强弱。

一群鸟在夜色里飞到皇宫上空，突然收住翅膀，垂直落下。它们的叫声戛然而止。

驼背的守夜人走到城西角的石塔下。就在白天，他捉住那头不听话的瘦羊时，被其一头撞翻，他的腿摔伤了。现在，他瘸着腿，仰头看石塔，手里拎着打更的梆子。石塔的窗户像一个个的黑窟窿。石塔里住着一些无家可归的货郎，他们卖光担子里的货物，又不能出城，只好借住在这里。

巫女披散着头发，衣袍皱巴巴的，走到皇宫前，在燃过的火堆里扒拉了半天，然后缩着脖子从一棵栎树后消失了。乞丐走到皇宫的后墙下，弯下腰，手指摸索在粗糙的石头路面上，终于摸到了厨子隔墙扔出来的一截羊肠子和两只羊蹄子。他拎着羊肠子、羊蹄子消失在拐角处，留下野猫一声残喘的哀嚎。

牲口贩子逃到城外去了，整个城堡里，羊圈和牛棚门都开着，没有牲口吃夜草，它们对瘟疫的抵抗力远不如人。城堡里的野草枯了却又绿了，在深夜里发出诡异的绿光。肥大的老鼠咬碎写在麻布上的抵押或者借贷的契约，然后钻到废墟上乱扔着的坛坛罐罐里，咯吱咯吱叫唤。木柴贩子守着不多的一点劈柴，在黑夜里沉睡过去。

就在此时，一场黑风席卷而来，遮天蔽日，大地微微颤抖。黑风卷着沙子的味道、碎石的呼啸，在城堡里盘旋着，吞噬着。塌陷的墙壁开裂，树叶离开枝头，野猫嘶哑干咳，干草飞上天空，天地一片黑漆漆的混沌……

稿子写到深夜，打印出一部分看。我觉得那座古堡就在纸上慢慢晕过去，虚弱地喘气。深秋了，已经供暖。电脑前坐久了，腰疼，颈椎疼。起身走到阳台，打开窗，吹吹冷风。天空飘着清霜，路灯投下的光晕里，霜花飘洒。有水的气息，有冬天的气息。也许刮过一阵大风，但我不知道。我一直沉溺在自己编造的纸上城堡里，出不来。事实上根本不用熬夜写这么迟，我的时间很多。但是我觉得这样的想象很过瘾，不用考证也不用搜罗资料，只管信马由缰瞎编，好不痛快，简直刹不住。

然而夜确实相当深了，熬夜对夜不好。夜不是拿来熬的，是拿来睡的。只好留着明天继续在纸上快意驰骋。

睡得迟，梦却相当清晰——写作也是件走火入魔的事情。我梦见自己坐在沮渠蒙逊王的城堡里。对，我也有一个宅院，而且就在骆驼巷子里。我的毛笔似乎是狼尾巴制成的，相当轻盈。我穿着很多褶子的衣裳，蓝粉色，软牛皮靴，似乎还穿着铠甲——一个抓毛笔的文人要铠甲做什么呢？那可不知道呢，梦并不解释。

太阳就照在城堡上空，柔风吹来吹去，一切祥和恬淡。能闻见紫槐花的清香，一波一波随风而来。我的院子铺满天青色的石板，发出优柔的亮光。院子里有石榴树，还有蓝莓，我对这些植物都很满意。我觉得古堡简直就是摆脱了时间的地方，藏在世界深处。

是的，我就坐在院子里，在白纸上写字——梦里才不管时空顺序呢，也不管哪个朝代，有没有草浆制作的纸。反正我没有写过鞣制好泛着幽光的羊皮，也没有写过绵软的锦缎，至于色泽柔青的木简也没有写过，连莎草纸、桑树皮纸、桦树皮纸都没有写过。对，我写的是打印纸，硬朗而纯白。

然而木简是有的。我正在抄录木简。那些远古时空穿越来的木简上，写着漂亮的隶书，我竟然都认识，茯苓、杜仲、桑寄生、断续、甘草。我要把这些药方誊出来，拿到博物馆里去。或者图书馆也行，我的老同学是图书馆的馆长，给她去做镇馆之宝。

奇怪，按道理，药方不是给医院吗？梦并不讲道理，只按照自己的意思来。

木简一字儿摆开，拿出全部的繁体汉字给我看，把远古时空里的秘密透露给我。这个药方是治疗胃病的，那个药方是治疗跌打损伤的。我摩挲着木简，暗自思忖，这可真是天意啊，是老天帮我遇见的好事——这些医药木简正是我苦苦寻找的东西。

城堡上空的蓝天辽远而无边无际，紫槐花一串一串垂下来，低低垂在我头顶。太阳那么明亮，石榴是一抹浅浅的胭脂红。蓝莓的枝丫带着浅蓝，枝子一弹一弹，在我不远处晃动。我似乎潜入城堡的最深处，攫走最美好的智慧——我要把所有的药方，都拿到我的时空里，一枚木简都不错过。

我似乎又在古堡里溜达，那么木简谁抄呢？不知道。街道旁边都是花草，只觉得那么美好。有人背着刚割的青草，一股浓烈的青草味道。车轱辘匠门前的黑刺篱笆上开满紫色的啤酒花，暴马丁香树枝子上晒着衣裳。还有打盹的狗，柳条筐里满满的蔬菜。有人围着绿色的围裙在海棠树下烤着野兔子。我觉得整个城堡都是我的领地，散发着怀旧的魅力——在古堡溜达的这种感觉，好熟悉，像多年前我在凉州学医时，常去的一条巷子。对，就是那条巷子迁徙到古堡里，再次与我相见。

我从梦中笑出声来，自己把自己笑醒。窗外起雾了，伴着清霜，朦胧的那种美。有人在扫院子，声音模糊，唰，唰。

暗自思忖，为什么梦里的古堡那么让我心动？它柔和、安静，一点也不孤独——古城堡不知道自己怎么毁灭，只知道怎样开满花朵。可是我想象出来写在笔下的古城堡，却悲凉幽暗，那么繁杂嘶哑、灰心丧气？是不是高沟堡里那种苍凉袭击了我的内心？真实的高沟堡到底经历了怎样的繁华和颓废？

查资料。无论过去的时光多么遥远，总有一些痕迹留下来。诸神无力改变的过去，但文人总要记下。今天的当下是未来的过去，多么有意思的话。

真实的高沟堡修建于汉朝。正如我想象，极其繁华。繁华到不可思议的地步。兵灾虽然有，但古城堡一直巍然不动。清朝康熙年间，古城堡依然牧马种田，客商往来，熙熙攘攘。到后来，人太多了，周围开荒种地，砍伐树木，导致生态逐渐恶化，沙漠南移，侵占河床。沙子越来越多，水越来越少，生存出现了问题。没有水，大量的居民迁徙，放弃了高沟堡。古城堡内只留着清朝的一名守备和七八十名骑兵步兵把守。

是的，没有瘟疫，也没有战乱，古城堡的败落是因为生态恶化，饮水短缺。

梦给了我一个暗示，古城堡非常美丽，绝不是那样幽暗隐晦，我的想象是错误的。于是，我在续写时，调转了方向——第二天，黑风落下，天气逐渐晴朗。骆驼巷在清晨的阳光里，泛着莹莹青绿。胡杨树的叶子还没有变黄，树冠覆盖了整条巷子。

这场黑风竟然刮走了瘟疫——世界上有许多不可思议的事情，有许多未解之谜，古城堡也算一个。总而言之，戾气散尽，城堡逐渐恢复了生机勃勃。

阿禅的葡萄树被风吹过，叶子翻卷着，有一种蓝粉色的光泽。她站在院子里，跟野利道别。野利从树冠的清凉中走入清晨的阳光，身姿挺拔英俊。他还没穿铠甲，只穿着象牙色的交领便袍，脚踏牛皮靴，腰里挂着长剑。而阿禅，头发松松挽了发髻，插着一枚银钗。她的面部线条柔和，嘴唇上涂了一点胭脂，脖颈细长。她走出院子，一直看着心上人。野利走到巷子口，就要拐上官道时，转回头，看阿禅，两个人遥遥对望，彼此不舍，就像初次见到一样。

星象师走出观星楼，在街道上被人簇拥，出于某种不诚实的原因，他一言未发——其实他在那天晚上冥想了一阵之后，睡着了，睡得太死，并不知道外面曾经刮了一场恶风。而他的大徒弟，告诉人们说师傅看见天狼星一路朝南，北斗星隐匿不见，精确地预测到黑风到来的时刻。小徒弟则更加绘声绘色，说师傅披着玄色袍子作法，呼风唤雨，那场大黑风如约而来，撮走了瘟疫。天下大定。

这样的徒弟真好，给我也来一打。我虽然有那么两三个徒弟，都是倒三不着两，办事摸不着头脑，总是给我挖坑添乱——这段最好不要给他们看见，不然又要嚷嚷，说我搬斤拨两。

皮货商是个乖戾易怒的硕壮男人，他扛住了瘟疫，获得了抗体，康复过来了，挺着肥胖的肚子散步。瓷器店的赫狗狗也挣扎着痊愈，能拄着拐杖巡视他满满一院子瓷器——不，只剩下半院子。另外的半院子被小偷狐火哥昼伏夜出偷走。狐火哥因为偷窃比较辛苦，又加上提心吊胆，注意力高度集中，体内的抗体比较活跃，并没有染瘟疫。乞丐结伴去舍粥的街巷混肚子。

狐狸巷的废墟里，男人们手里握着锋利的镐，刨开废墟，重新修建房子。木匠骑在一根木头上，凿木为梁，凿木为柱，凿木为窗。铁匠敲打烧红的铁块，好多人等着工具使。缝补匠都是一些老女人，坐在台阶上，缝补旧衣旧裤。银匠失业，没有人急着戴首饰，就改行去补碗补锅。轱辘匠跪在地上，在箍好的木头轱辘上楔进去楔子，箍上铁皮，铆上铁钉。

御医正在皇宫里，给沮渠蒙逊汇报疫情过后的防疫情况。他顺势请求国主给他派一批书生，把腐烂的医药木简誊写出来——这个工作不适合我，因为我腰疼颈椎疼，总是坐着吃不消。再说我的字写得相当难看，会被别人笑话。

还有，我不喜欢誊写这样枯燥的，没有创造性的活儿。我喜欢有自己思想的工作，比如给采诗官写稿子，告诉他那场黑风抵达城堡时，卷来了许多风滚草。那场黑风撤退时，卷走了城堡里所有的茅草屋顶，还有黑色的羊和黑色的猪。黑风喜欢黑色的东西。

对，还有星象师玄色的袍子——他穿着一件，另外一件晾晒在开满啤酒花的黑刺篱笆上，被风卷走了。还有他一起晾晒的内裤，也被风卷走。后来星象师在街上被人簇拥时，因为没有内裤可穿，总觉得裤裆凉飕飕的，不大自在。他的徒弟们愿意借给他内裤，但被星象师拒绝了，他喜欢纯棉内裤。而徒弟们的内裤是桦树皮的、兽皮的，或是芨芨草编织的。

巫女仍然抱着水囊，牵着她的羊——那只羊是白色的，没有被黑风卷走。她走出城堡，走到大野里，穿过沙米丛、苦豆子丛、大蓟丛和沙拐枣林，让她的羊呼吸草木的清香。

巫女摘下披肩，半裸着，肩膀闪着幽柔的光泽，乳房坚挺小巧，腰肢柔韧纤细。她把自己藏在沙里，用沙子洗澡。她知道水会越来越少——尽管城堡的水一千多年之后才会枯竭，然而她很自觉。

木柴贩子赶着牛车，也走在城外的官道上。他雇用的牛太老了，牙齿磨钝，脖子里一堆赘皮。老牛喘着粗气，拉着鼓尖一车木柴，累得翻白眼。

驼队也开始远行，小骆驼不舍得老骆驼，脖子勾着脖子，彼此摩擦，脑袋紧紧靠在一起，目光柔情交错，舍不得分开。妈妈，这一走，就是天涯。

长天之下，一行人浩浩荡荡出城。北凉王沮渠蒙逊坐在六匹马拉着的毛车上——用蒲葵叶和鲜花装饰的马车，就叫毛车。他的大臣穿着宽袍，镶了紫色的边。侍卫窄袖长靴，腰里挂着短剑。大臣和侍卫都骑着马，穿过平野，穿过沙漠，穿过秋天收割过庄稼的田地，穿过荒芜的车马店，穿过蜀葵开得密密匝匝的农舍，巡视瘟疫后的田野。

沮渠蒙逊国主的大伞被黑风卷走——那把伞是黄色的，不是黑的，黑风夜盲症，瞎卷。没有伞遮阳，会把国主晒晕，沙漠里的日头太毒了。侍卫用干黄草扎起一朵伞盖，点缀了艾草、黄蒿、大蓟花，杵在马车上，这样沮渠蒙逊就像坐在茅草亭子下乘凉。

国主的车夫，像个蛤蟆，嘴大，脖子短，粗糙不堪。他的头发偏黄，夹杂着几根白发，齐齐朝着脑门背后捋过去，露出红赤赤的头皮。如果喝醉酒，就像个秃鹫。对，车夫现在就像个秃鹫——他昨晚偷偷去幽会，他那个唱酒曲的情人取出一坛子好酒，把他给吃醉了。现在，他半醉半醒，晕晕乎乎驾车，稍微打个盹，马车咯吱一下掉到水坑里——沮渠蒙逊的干草亭子大伞直直栽倒，嗵一声砸翻车夫。被击中的车夫躺在路边的蒺藜草上，蒺藜的尖刺戳进他的脖子，蹬着腿子嚎叫。

另一个车夫驾车走了，秃鹫平趴在沙地上，过路的木柴贩子帮他拔掉脖子里的蒺藜刺。苍蝇嗡嗡乱撞，撞在秃鹫的脸上，一个趔趄，撞瘸了一条腿，疼得叫唤着飞走了。秃鹫抬起肥厚的手掌扇凉，打苍蝇，有气无力地一下一下扇，嘴角粘着白皮。他像口袋一样扔在木柴垛上，被老牛拖着回到城堡里。那头老头累得一头栽倒，口吐白沫，角弓反张。因为这头累死的牛，车夫、木柴贩子、牛主人，一直打官司。北凉时期的牛很贵。

沙漠里的古城堡就这样，回到了以前的美好时光。直到一千多年后，生态破坏，没有水，一城人迁徙到别处去，留下不多的守城士卒。

我在旧房子里读书、写稿子、码字、沏茶、听音乐、收拾花草、和邻居们聊天，这期间又做过一次古城堡的梦，但醒来就忘了。梦的医学解释很学术——是一种主体经验，是人在睡眠时产生想象的影像、声音、思考或感觉，通常是非自愿的。

然而很多梦，确实很玄幻。其实梦和文字很搭——文字被解释为借时空繁衍之物，是一种信息的传递体系。也就是说，文字有虚幻的一面。恰恰，梦也是虚幻之物。不过，文字可以创造文字文明，而梦不能。

山那边住着神仙

下雪的时候，面对窗外白茫茫的雾气，我坐在书桌前慢慢写鬼故事——有个老牧人住在自家的百年老屋里，每晚都能听见一个声音下了楼梯朝自己走来，咯哒咯哒，声音又轻又柔和，像小脚的祖母在走动。可是，响动到半夜，他睡得稀里糊涂时，又听见另外的声音，像有人在劈柴，又像黑藏獒在咬骨头，咯吱咯吱。又像是一匹被封了口的马狼，想要把尖利的牙齿插进羯羊脖子里——可是它的长嘴巴很软，没力气，流着湿漉漉的清涎水，滑得根本衔不住羊脖子。

但是马狼不死心，还是吭哧吭哧搬弄自己的软嘴头，在羯羊脖子里胡蹭。而羯羊不敢动，生怕被马狼活吞了，一个劲儿哆哆嗦嗦抖着，根本停不下来——这是马狼封口的日子，它最后肯定吃不掉羯羊。老牧人迷迷糊糊地想。却又听见另一个声音，像一只旱獭突突突从窗子底下跑过去，皮毛颤抖，突然把鸡窝里偷来的鸡蛋掉到地上，啪，轻微的碎裂声……

诡秘的声音来了——这天晚上，老牧人钻到破席子卷儿里，躲在门背后偷窥时，发现一个古怪的东西，看不到腿，秃而圆的脑袋，眼珠子发出蓝幽幽的光。浑身好像是皮毛，又好像是一个硬壳，又厚又湿，甚至黏糊地贴着地板向前挪。它还拖着尾巴，尾巴梢上结了个疙瘩，下楼梯的时候就发出类似脚步声咯哒咯哒的声音。

旧楼梯上杂物——柳条菭篮啦，抓篱啦，红铜火盆啦，在黑夜里好像都活了，想从旮旯里走出来，伸出很多触手，乱舞着，企图抓住这只怪东西。就连卷着老牧人的破席子，也蹿出来一条胳膊，左右摇摆。最吓人的是老牧人自己，也觉得身体逐渐变形，变薄，变成一个扭曲着身子的黑影贴在墙上，想躲开那个秃头的怪东西……

这种故事也太吓人了，最好不要给我女儿看到——朋友看了稿子抱怨道，为什么要写鬼故事？别的不行吗？

可是，她难道不知道吗？世间的话，无非三种。人话，鬼话，神话。虽然谁也没有见过鬼，但鬼话连篇的人多，听得多了，写鬼话比较容易。想起来说人话也不难，但把耳朵打发出去一天，也听不到几句，所以写起来很难。至于神话，古人写绝了，尤其葛洪，像我这样愚笨的后人，岂敢胡咧咧。神仙的事，随便能写嘛，真是的。

说起葛洪，原本就是个道士，而且医术好得有些过火。不过，依着葛洪的想法，医术再高，他死了就终结了，还不如当作家。于是一边炼丹行医，一边著书，写了许多神仙留给后世看。他说：此为先师所说，虽然深妙奇异，但有见识的人还是爱读的。

不读则已，一读简直收刹不住——整个冬天，我也假装自己是有见识的女人，读他的神仙传。

每逢读书入迷时，突然就想到我爹——幸好他供我上学，识得几个字，不然要错过世间多少美好。

被打出篱笆的树

古时有个县令，人称伯鸾，官做得很好，百姓都喜欢他。老天也帮他，该下雨时下雨，该霜冻时霜冻，每年都五谷丰登。连瘟疫啦、猛兽啦这些祸害都不曾出现，叫他安安稳稳做官。

伯鸾做官之余，捣饬道术。他的朋友说，神仙这种事，世上并没有。伯鸾笑道，天高夜黑的大风之夜，你不出去，以为路上没有行人。同理，你不过是凡俗之人，见识有限，自然不知道深山老林里藏着修道成仙的人。

怕人家笑话，伯鸾偷偷修行，不必叫人知道。不过，他觉得单单自己得道，也没什么趣儿，就和妻子樊夫人一起修炼道术。

得闲时，夫妻俩切磋道术。伯鸾坐在堂前，叱咤一声：火起！即刻，东边的客房噼里啪啦燃烧起来。樊夫人轻轻一笑，低声说：雨来！随即大雨倾盆，灭了客房的大火。

庭院里种着两棵桃树，枝叶披拂，树影婆娑。一棵是伯鸾的，一棵是樊夫人的。某天闲得无聊，伯鸾对自己的桃树下咒令说：揍它！这棵桃树立刻伸出枝叶做的爪牙，抓住另一棵的脸。樊夫人正从廊下走过，见此，也下咒令说：打回去！两棵桃树踢里咣啷厮打起来，抓头挠脸，撕破衣衫。不过，伯鸾的桃树打不过，几次被打出篱笆外面。

读到此，我几乎笑得腮帮子抽筋——伯鸾那棵可怜的桃树，趔趔趄趄还没站稳，又被踹心窝子一脚踢到篱笆外面。

这还没完。两人吃饭，伯鸾对着盘子吐一口唾沫，嗵一声，一条鲫鱼跳出来。趁着伯鸾还没说出话来——他看上去总像是正要说话的样子——但需要等一段时间才能听见他的声音，樊夫人就拨开他的话匣子立刻上阵了。她也来一口，噗——盘底出溜冒出一只水獭，啊呜一口吞掉鲫鱼。去你的破鱼。

两人进山采药，路遇猛虎。伯鸾装作没看见，而樊夫人用一根绳子，绑住老虎的头，牵回家，拴在床脚下——也不知道樊夫人怎么想的，床脚系老虎做什么，笑得人一杯茶喝不下去。

伯鸾每每和夫人比试，一次也没赢过。后来嘛，两人得道成仙，要飞到缥缈的太虚境界。县衙门有一棵巨大的皂荚树，伯鸾拔起皂荚树，骑着大树飞升。樊夫人坐在床上，顷刻飞到半空——那个骑着扫帚的女巫和坐在飞毯上的巫师，大概是跟着我们的古人学的本事。

想来神仙幽隐，与世异流，没有烟火气息才对。可是伯鸾这个神仙，实在可爱，隔着书页，似乎都能听见他顽童一样咯咯咯的笑声。

一花就是一世界

常常觉得如来两个字神奇至极。如，好像。如来，好像来了，在这里——佛在心中，不要另外去找。而这一位神仙，叫若士。若，好像，如果。若士，好像那个人，如果那个人，充满了不确定性——道法自然。

说若士这位神仙，在北方蒙谷山修炼。蒙谷山非常大，太阳出没于此地。有一位道士叫庐敖，游历了北海，并从月亮上经过，入了玄关，在蒙谷山遇见若士——喜欢极了古人的想象，多么玄幻的美。

而若士呢，正在山谷里临风而舞，忽高忽低，衣袂飘飘，看上去相当舒心自然。若士的相貌比较特别，深眼窝，高而尖的鼻子还是青黑色。肩膀高高耸立，又窄，就像老鹰一样。脖子又细又长，筋脉清晰。上身宽，下身收敛，衣袍随风飘飘有驾云之气，整个人仙风道骨无比。

若士突然长啸——可是，那种轻微却能震撼山谷的声音，似乎有点懵懂，顺风钻进他的衣袍，想立刻安静下来。

庐敖大概躲在山石背后偷偷注视，被若士奇异的骨相震惊。不过若士刹那间就发现了，因为长啸声遇到了阻力，想发出声音的时候却发不出声音。他立刻停止临风而舞，一纵身逃到山上一块石碑下藏起来——若士并不是害怕，而是害羞呀。天大地大，他独自一人，多么欢畅自由，随心而舞。万万没想到冒出来一个游手好闲的人，竟然把他的舞蹈给看了去，太尴尬了。

庐敖这个人，有点本事和傲气，依仗着自己独来独往游历天下，看不起凡夫俗子。现在终于找到一位和自己品位相匹配的高人，心生狂喜。于是一顿猛追，找到了若士，想切磋切磋。若士在哪里呢？他缩在石碑下面的蟹壳中，正咯吱咯吱吃蛤蜊——奇怪，神仙不吃草药竟然吃这个，腥味十足，吃个什么趣儿呢。

你长得挺奇怪的，庐敖感叹。

我长得是挺奇怪的，像一只鹰。若士表示同意。

庐敖一看高人如此好说话，不免张狂起来。他刚吹嘘完自己的游历，就被若士一顿嘲笑——庐敖老是随心所欲，所以显得漫不经心。他还没怎么了解世界，就浑身冒着老于世故的傲慢自大。

可是，看看若士的远方和诗意吧：我去过的地方，上面看不到天，下面看不到地，四周茫茫无际。也听不见声音，只有一束光，穿越弥漫无际，连绵不断。你不过是从黄河中游走来的一介草民，看了几座山，也好意思卖弄。滚！

若士抵达的境界，苍茫混沌，大音声稀，只有光。

他嫌弃庐敖打扰了他的清宁，骂完后，双臂扑闪几下，身体腾空而起，转瞬间消失在茫茫云雾之中了。他有个约会，要和一位名叫汗漫的神仙到九天喝茶去了。

可怜的庐敖，坐在地上哭——我每日跋涉，以为走遍万水千山。其实和真正的世界相比，不过和虫子翻越几片树叶没什么区别。这可真是悲凉透顶的事情啊。他呜呜咽咽，嗓子里蹿出来一些奇怪的声音，是他不想发出声音的时候发出的声音，所以听上去相当别扭。

其实活人嘛，糊涂一些好。一旦看穿了世界的本质，伤心也跟随而来。人家若士可以去九天之上和汗漫喝茶看云，而丧气的庐敖，只好滚回自己的黄河中游独自疗伤。原本想去寻找诗和远方，结果碰了一鼻子灰，灰不溜秋回家。

柴桑闲野岁月深

神仙都喜欢孤独，不过是饮露食英，深居简出，不和凡人往来。神仙嘛，要保持空寂清宁的时光，抛却人间七情六欲，忘掉所有的悲喜交加，无我无人无外物，空旷地活着。

可是，这样的日子又有什么意思呢？

就有这样一位神仙，和我的想法一样——这么说，有点脸皮厚，神仙想的我怎么能够着呢，不过是随便吹嘘一下而已，我也是个很爱吹嘘的人。

此神仙叫彭祖。到了商纣王时，他已经活了快八百年。年幼时，彭祖遇见犬戎之乱，成了孤儿，流落到了我们河西走廊。一路颠沛流离，竟然到西域。到达西域时，已经一百多岁——奇怪，一个孤儿竟然能活得这么长寿。

一百多岁的彭祖迷上了修道，洞悉了长寿之道，一下子活了几百年。他算是个沉默寡言的人，对养生之术秘而不宣，隐在尘世，根本不去世外云深处。他天天和普通老头儿一样，闲居在家，静坐，喝茶，看花，不关心世间一切琐碎之事。

隔那么几年，彭祖穿着野葛布单衣，裹着野葛布头巾，走出村子，三走两走不见了。也不知道他去了哪里，反正三五年后，他又出现在村子里，和别人一样烧茶煮饭，坐在屋檐下看天空雨水滴答——他在屋檐下端坐，好像和别人一样。但是细细看，他离地两尺，坐在空气里。有时候他走着，猛然停住，让人觉得路边似乎伸出透明的手，一把拉住他——老兄，别来无恙乎？

彭祖七百多岁的时候，纣王知道了这件事，发了疯要从他嘴里掏出长寿的秘诀。彭祖不喜银钱，纣王便打发采女前去做间谍。采女虽然两百多岁，但驻颜有术，看上去顶多十五六岁。娃娃脸也罢了，连神态都格外稚嫩。

采女有个话说到一半就停下，抬起长睫毛的大眼睛盯着对方看。她的天真无邪可能半是故意，半是不经心——男人们基本喜欢这样的女人，看上去又傻又天真，还很美。当然，采女实际上非常老于世故。她活了两百多岁，什么样的男人没见过。

可是彭祖也是快上千年的老妖，道行深，自然看透了采女的那点小把戏。不过，他还是装作认真的样子，接受采女的采访。因为他在尘世间厮混，说到尘世间的事情，纣王不都管着嘛，招惹他做啥呢。

采女问，神仙是什么样子？

彭祖回答道，神仙能隐身，隐于众人之中而不被人觉察；也能飞，腾云驾雾；也会幻术，随便变成一只鸟儿；以元气为食，或者芝草为粮。神仙没有七情六欲，也没有人间悲喜哀乐，一点感情都没有。空，玄，静。

彭祖说话的时候，采女恨不能全身长出耳朵来倾听。她笑道，你这么长寿，应该是神仙，所以我来求教。

彭祖说，我不过是得道之人，才不想做神仙呢。我天天都吃美味的食物，也穿华丽的衣裳，喜欢女人，偶尔也去做个官儿，不失人间之乐。修道为的是筋骨结实，老而不衰，去做自己喜欢的事情，这才好呢。

采女说，那你教授给我长寿之法，你也知道，是纣王打发我来的。

彭祖长叹说，活几百年其实也很累啊。我这几百年里，总共失去了四十九位妻子，死了五十四个儿子，女儿还不算，遭受了无数生活的磨难，往事真的不堪回顾。这么一想，我觉得自己面容愈来愈干燥衰老，肌肤失去弹性，心气失和，也很痛苦呢。实际上活几百年怪疲劳的，趣味不算多，你要长生的奥秘又有什么意义呢？

这些话真是言有尽而意无穷啊。

可是采女却说，纣王是不会有这些烦恼的，可以舒服地活着，享尽人间荣华富贵，只要得到长寿的秘籍即可——采女不是嚼舌根的行家，但也把纣王的一些想法透露给彭祖，其中一条就是，纣王的脾气不好，一旦自己得不到的，就会毁灭掉，人神无惧，所向披靡。

死缠烂打的间谍采女，费尽周折得到了彭祖的道术，回去传授给纣王。

彭祖传授的养生之道，说保养寿命的根本，在于心气平和，不要伤害自己。冬暖夏凉，起居随四季变化调节。五谷五味不可贪，使得身心契合自然。音乐入心，花草养眼，读书陶冶性情……凡此种种，皆可养生——当然还有别的，咒语什么的也有，不然纣王怎么肯相信。

纣王自以为学会了道术精要，就派人去追杀彭祖——就像落水的狗爬上岸，急于抖掉身上的水一样，他派出大批杀手四处伏击。并且捎话说，既然你活了几百岁，活得那么疲劳，不如成仙去吧。世上长寿的人，有我就够了。

纣王高高在上习惯了，可是一想到彭祖几百岁，便觉得自己卑微矮小，才活了几十年，虫蚁一般，不如除之后快。

可怜七百七十岁的彭祖，一路西逃，不知所终。有人说他飘然而去，果然进了仙界。有人却说并没有，在流沙的西边见到过他，喝茶聊天，自在得很呢。

彭祖得道了，纣王没有得，只学了一点皮毛。所以纣王死掉了，彭祖仍然逍遥。

一念恋红尘

彭祖有个朋友，也算忘年交吧。因为彭祖才开始修道时，这位叫作白石生的道人已经两千多岁了。对，你没有听错，就是两千多岁。好像历史上有个太监称九千岁，不过是妄想罢了。

白石生虽然长生不老，却只是道人，不是神仙。他不肯修炼升天的道术，只是求得永生的乐趣，享受人间情趣。他居住在白石头山上，煮了白色的石头为果腹之米，所以人们就叫他白石先生。不过呢，白石生才不单单吃石头呢，他和凡人一样，吃肉喝酒，煮五谷杂粮。他长得很精神，仙风道骨自是不必说。

彭祖才开始修道，不过一百多岁，道界里还算是个童儿。就去拜见白石生，两人喝茶聊天，谈论神仙之道。彭祖问，你都两千岁了，为啥不服药成仙，去天上逍遥快活呢？

白石生笑笑，说，你懂什么，天上的生活很乏味呀，哪里能跟人间比呢。人间有美酒，有美味，这才是快活无比。

彭祖说，天上都是神仙，品味自是人间不可比的，就算下个棋喝个茶，说说天道人道，也有精神上的快乐，凡人岂能比得。

白石生说，当然也对。不过，你要知道，天上那些神仙，尽是些修道多年，极为尊贵的仙人。他们可不是一般的清高，个个需要仰视才行。像我这样道行的，若是去了，顶多也就是个端茶送水的，得唯唯诺诺伺候他们，打杂跑腿，要比在人间辛苦多了。我在人间，被别人尊敬，按照我自己的意愿过日子，才算是真正的逍遥呢。

彭祖恍然开悟，自此他也不打算成仙了，一心求得长生，在人间"厮混"。

有一次在深山，白石生问他，你听见一种声音了吗？彭祖伏地，听见一种声音，很含混的，嚓嚓，簌簌，索索——听起来好像一团柔软的东西在动弹，软鸡蛋那样，没有头和四肢，扭来扭去蠕动。

听见了，可是，到底是什么东西发出的声音？彭祖问。

白石生回答说，是我们谈话的声音吵醒了它，原本蛰伏在乱草窠里——此乃修仙失败的狐狸，心太急，走火入魔，把自己炼成一团，七窍都裹在皮毛里。这会儿听见别人讲道，心不甘，所以爬出来。

那家伙太臭了，根本没有修仙的必要。彭祖一想到成仙后要遇见骚狐狸，立刻这样啰嗦了一句——如果白石生在听的话。

白石生甘心隐居在人群中，有成仙的能力而不用，根本不受天庭的诱惑。彭祖效仿他，也享受人间之趣，着华丽服饰，得正常男女情爱，不亦乐乎。

不过，依着我的想法，白石生不想飞升做神仙，大概是童年的阴影所致。白石生年幼时，穷得几乎要乞讨了，靠养猪放羊，勉强度日，动不动饿倒在山野里。想想看，这样的孩子长大，修了道，有了金银，出门有高贵的车马，身上有华丽的衣裳，桌上有美味佳肴，过着有尊严的生活，怎么舍得去做清寂的神仙呢？

彭祖也有相似的经历，他幼年是个孤儿，遭受了无数磨难，过着颠沛流离的生活。好不容易得道了，不为生计发愁，自然也不肯放着好日子到天上去打杂跑腿。在人间好啊，过一日舒服一日，飞升做什么呢？

说这些神话的是谁？葛洪呗。他说，世间有百家之书，我就单单抄集古之仙者给后世想看的人看。此为先师所说，虽然深妙奇异，但有见识的人还是爱读的。

虽然故事是葛洪师父说的，不过，我们还是能从神仙的气息脉络里看到葛洪的影子。葛洪年幼时家里还算富裕，到他十三岁时父亲去世，自此家道中落，越来越穷。穷到什么地步呢？简直不可名状：饥寒困瘁，躬执耕穑，承星履草，密勿畴袭……缺衣少米，家里的篱笆坏得不像样。常常需要拨开杂乱的草木出门，又推开杂草进屋。家中数次失火，收藏的典籍都被焚毁了。他背起书篓步行，到别人家抄书，卖木柴买纸，借火光读书。葛洪成为医学大家之后，声名远扬，而且非常擅长心理治疗，那些不快乐的人都能被他治好——毕竟，他曾经是个最不快乐的人，知道人的心结打在哪里。所以葛洪写的神仙传里，时不时跑出来一个神仙，藏着他自己。

一个人，藏匿一辈子，也摁不住年幼时的伤痕。即便给你讲神仙的故事，自己的影子忍不住晃荡其间——这确实是忍不住的事情，比如你读到这儿时，也有我自己的影子在文字里晃荡，我也是个孤儿啊，比葛洪能好到哪儿去？况且葛洪的神仙故事里，也被我忍不住加进去一些东西，我也喜欢编故事啊。所以真真假假，你读读就好，完全不必较真。

恍若一梦不见家

丹溪一户人家，有个十五岁的孩子皇初平，进山放羊。半途遇见一道士，拐了他去学道。皇初平跟着道士住在山洞里，修道四十年，不想家。

他的哥哥皇初起很想念，找了几十年，不曾见。后来在街上遇见了那个道士，一打听，原来弟弟在修道，就跟着他找到了弟弟。

兄弟相见，悲喜交加。哥哥问，你当初是放羊走丢的，我进山寻找了好几年，总觉得你就在山里。

皇初平说，没错呀，我的羊，还在东边山坡上。哥哥出门一瞅，山坡上都是白石头，鬼影子都不见。皇初平出了石洞，站在高处，叱喝一声：羊起！于是，满山坡的白石头蠕动起来，顷刻变为羊，数万头之多。

哥哥大为惊讶，说你已经神通如此，我也跟你学道吧——哥哥或许并不喜欢道术，但觉得那数万头的羊诱惑太大，一群接一群，只需呵斥一声即可。

哥哥便抛弃了妻子儿女，一心学道，饿了就吃松脂茯苓。活到五百岁的时候，道行了得，尤其善于隐身术。坐在石头上，便可凭空消失。大白天在大路上走着，谁也看不见。兄弟俩都童儿面色，日中无影，总算得到正果。

奇怪，两个穷人家的孩子，学这些无用的道术做什么呢？

成为神仙的兄弟俩不想待在深山，要回家了，回到自己的乡村过寻常日子。不过，山中一日，世上千年。他俩回乡后发现，五百年的时光，亲族皆不留，一个都没有了，村子也不是他们记忆中的村子，无痕可寻。可怜的两个神仙，无家可归，只好又回到了山洞里。皇初平改名叫赤松子，哥哥改名为鲁班。

为啥要改名呢？大概他们痛哭了一场。爹妈都没有了，这个俗名还有谁会呼唤呢？当初狠了心离家学道，等世间多少岁月恍然而过，一回头，才发现内心深处，家仍是最初的牵挂。便是多活了五百年、一千年，那又如何？亲人一个都不剩了啊。

其实以我的看法，这是并不是神仙的故事，而是个成长故事。弟弟是个很有心气的小孩，生在穷人家，离家修道大约是为了改变困顿的生活，给亲人温暖富裕的日子。看看他的羊群就知道。

亲人是什么？就是支撑着光阴的骨头。朋友给我讲过一件事。他奶奶在世时，脾气刁钻古怪，常常虐待儿媳妇。后来嫌弃儿媳生不出男孩，连同两个孙女都撵走了，连多余的衣裳都没给一件。做儿子的害怕母亲，也不敢说，忍气吞声又娶了母亲新指定的媳妇。

当时生产队要去深山里拉羊粪，正好路过前妻娘家门前。每次赶着牲口路过，两个破衣烂衫的女儿站在门前，哭着喊爹。她们被奶奶打怕了，也不敢到跟前，只是远远看着爹抹眼泪。前妻隔着庄门，在门背后哭——她根本不相信世上有什么因果报应，因为婆婆就是个最好的例子。

后来，他再去拉羊粪，门前哭着喊爹的女孩剩下一个了，另外一个得了急病，无钱医治耽搁了。贫穷孤独的女孩瑟瑟立在风里，等爹路过时，哭着招招手。

新儿媳又生了两个女儿，婆婆仍旧死命地打，要打得她生出男孩来。快要被打得没命时，终于生了个男孩，便是我这位朋友。

朋友小时候，他爹每逢喝醉了酒，哭得肝肠寸断，不知什么原因。父亲去世后，母亲才告诉他，说他还有一个同父异母的姐姐流落在外，母女俩孤苦伶仃。

朋友找到了那个山村，那家人已经不知去了哪里。好在母亲还知道名字，找了好几年，终于找到了失散的姐姐。他说，我就是让姐姐知道，她有亲人惦记啊。

他给我讲当时见面的情景，眼睛里闪着泪花。姐姐母女见到他，哭得一如当年的父亲，痛断肝肠。这个世界，还有人在寻找她们，牵挂着她们。而他的亲生母亲，见到姐姐，也是激动得手哆嗦个不停，那个破衣烂衫的女孩，终于回到了亲人的怀抱。朋友说，亲人是什么？就是打断骨头，筋还连着。

另一位神仙，叫吕文敬，家里很有钱。平素喜欢神神道道，吃一些草药求得长寿。有一天他带着一奴一婢，在太行山中采药，遇见了三位神仙。聊了几句，甚为相投，就跟着仙人采药去了。两天之后，仙人们传授给了吕文敬长生不老的秘方，升腾而去——那一奴一婢去了哪里呢？不知道。

谁知，山中一日，世间百年。老吕出山，已经是两百年时间了。他找回家，满目旷野，沧海桑田，昔日的家园早已荡然无存，子孙也杳无踪迹了。

老吕虽然成了神仙，但他绝非了无牵挂，非要找到自己的家人，逢人就打听。这一天，有个姓赵的人说，我们村里流传着一个说法，说从前有个叫吕文敬的人，带着一奴一婢，在太行山中采药，一去不归，叫豺狼吃了。你问的，是不是这个人家？都两百年了，只是传说而已。

老吕激动地哭泣着说，正是此人啊，快告诉我他的后人在哪里？

姓赵的乡邻说，吕文敬的后代，有个叫吕习的，住在城东北十里的地方，是位道士，你去找他。

虽说是沧海桑田，但故乡的旧模样还是没有变。老吕找到了那户人家，叩门。家人隔着门问道，你是谁？从哪里来？吕文敬答道，这是我的家啊，很久之前，我上山采药，遇见几位神仙，我就随他们去了。如今得道下山，谁知世上竟两百年了，一路打听，才找到家。

吕习正在屋子里，听到祖先回来了，惊喜得连鞋子都来不及穿，光脚冲出来说，仙人，你可回家了。我爹、我爷爷、我祖爷爷辈辈口口相传，说咱家祖先并没有被豺狼吃掉，而是得道成仙在深山了，叫后人一直等着。想不到是真的，你竟能想起家，亲自回家来了。

吕习跑出门，看到自己的祖先，简直惊喜之极，扑到吕文敬怀里，哽咽着说不出话来，只有眼泪哗啦啦地淌。亲人是有气味的，闻得到。

也不知道吕文敬流泪了没有——不是说神仙不许有情感吗？想来肯定哭得一塌糊涂，世间两百年的时光，自己的家还在。

总而言之，吕文敬就在家里住着，把得道成仙的秘方传授给家里人。年纪已经八旬的吕习，之前是位老叟，如今得了道，返老还童，年轻得不得了。

后来嘛，吕文敬的子子孙孙都修了道，都成为神仙了，没有一个老死的——他当初进山寻道，可不就是为了一人得道鸡犬升天嘛。

说到底，吕文敬这个神仙传里，也藏着一个葛洪。

父亲去世那年，我也不算很小了，但是我每次出门在外，就有一种幻想，在熙熙攘攘的街头，父亲会突然拨开人群走出来，吭吭咳嗽两声——就算时光过了三十年，我也一直没有停止对他的思念。大概葛洪也有这种感觉，他守在破屋子里，期盼有一天他的父亲突然回来敲门——吕习连两百年前的先人都可以等得到，不是吗？大概，葛洪也喜欢把时光退入遥远的过去，和父亲重逢。

喜欢葛洪的神话，因为有凡尘的温暖，在大雪天里读最好不过了。于是，我将自己写了一半的鬼故事也写得暖和一些：那个咯哒怪物被逮住了，却原来，是一只硕大的耗子。皮毛上糊着一层泥壳，粗沙沙的，釉结成壳，看上去无比骇人。

老牧人记起小时候祖母讲的故事，说耗子偷油，掉进油缸里，爬出来，滚了一身尘土，变成个泥壳壳耗子。却原来，百年前先祖修造房子时留了一条暗道，里面存放了清油和粮食留给后人。后来年岁久远，后人忘了这事。然而一群耗子找到了暗道里的清油，所以才弄成这个鬼样子。老鼠们顺着暗道，一路摸索到老牧人的百年老屋，闹腾起来，才有了各种声音出现——这是逝去的亲人，用另一种方式与后人重逢。

千叶草，天马徕

世上，有千叶草吗？没有啦，我自己想的。其实我是想说苜蓿草来着。最好的草，就是苜蓿呀。

实际上，也不是我的心思，可能是骏马的心思。为什么不是牛的？或者是羊？它们都吃草呀？可是，牛很木讷，羊太善良，骡子太倔。它们吃草的时候，不会有什么想法，饿了，就知道吃。

马是不一样的，它一边吃草，一边思考，它知道哪种草好吃。我怎么知道它在思考？你看，它的睫毛一眨一眨，眼珠子并不看草，直接陷入沉思里。有时候，它的嘴角挂着一根草，也在反复咀嚼——不是咀嚼草，是咀嚼光阴。

实际上，马吃草是很挑剔的。这里好马在河西，这个你是知道的。河西有山丹军马场，每一匹都是宝马，皮毛闪亮。若是再论起来，大汉的天马，就是从河西出来的。汉皇爷看见良马，眼泪都下来了。他爱马胜过一切——也许不应该这么说，然而大汉王朝全凭天马助力才得以拓展疆土。

看电视，最不能忍受的是喂马的镜头。

就拿些干黄草，那么长的，很潦草地添在马槽里。奇怪，有的马在镜头里也是吃的，拣出来几根柔软的，嚼一嚼。你知道，这匹马真是饿极了，饿得眼泪都下来了，心都要碎了。

河西的良马，不吃那样的笨草。

你可能还不知道，我深谙喂马之道。若是野地里的青草，马并不是每样都吃。它喜欢吃冰草，也叫白茅草。那种草，边缘带着锯齿，锋利，柔韧，有筋骨。太软的草，它不喜欢。它更加钟情于一些有力气的草。

有一种草方言叫苘苘草，开一种小白花，细小，琐碎。茎叶上伸着无数柔软的小爪子，依附在别的草上、人的衣裳上。这草摸上去扎扎的，茎很柴，不嫩。马最讨厌这种草，一看见这种草，就躲开了，把头扭到一边去。但是，也不能完全躲得开。马腿上、肚子上、睫毛上、尾巴上，就粘满了苘苘草。

踏花归来马蹄香，看着也是挺有趣儿的事情。可是，对于马来说，简直令它愤怒。它没有手呀，摘不下来这些长着细爪子的草，刺得它浑身不舒服。还有苍蝇、蚊子的骚扰，也是令它愤怒的。

我怎么知道它的愤怒？因为马尾巴扑打着，一次比一次用力，简直要咆哮了。幸好，还有尾巴。若是没有尾巴，马就像一个秃葫芦，被草木蚊蝇欺负。

如果没有冰草，别的草马也是吃的。它的嘴唇真是柔软，楚楚地抖动着，寻找着最适合它的青草。

白天，它自己找草吃，吃点儿零食而已。真正的大餐，在夜晚，要好好地吃，饱饱地吃。最好的草，不是冰草，不是灰条，不是苦苦草。是苜蓿。

苜蓿本来不是汉地的草，是胡人喂马的好草。后来嘛，汉皇爷为了得到西域宝马，就把苜蓿引进中原汉地了。而河西，本来就是苜蓿的老巢哩。

河西的苜蓿，长得浩浩荡荡。一种叫紫花苜蓿，一种叫黄花苜蓿。这草是草原深处来的，深得匈奴人、月氏人、乌孙人喜欢。草续根，年年岁岁都复而生长，留着根就好了。长一茬，割一茬。再长一茬，再割一茬。周而复始，一年长完了，来年接着长。

一匹好马，一夜要吃掉一大捆苜蓿。多大的一捆？壮汉们背起来的一捆。若是我背的一捆，不够马塞牙缝。

这么好的苜蓿，也不是囫囵丢给它就行了。不是那样的，太潦草了。肥嫩筋道的苜蓿，要铡碎了，大约一拃长，抖得均匀了，添到马槽里。不要胡乱地丢进去。

我的邻居，给马添草时，表情是庄严肃穆的，像在进行一场仪式，心灵的仪式。他把苜蓿撒在马槽里，每一撮都细细摸过去，看有没有棘刺之类的杂草。铡好的苜蓿，散发着青草的气息，浓郁干净。马闻见这样的味道，就鼻翼翕动，咳咳地低低地发出声音，感恩于精美的食物。

马嚼着好草的时候，目光柔顺安静，很享受。它的眼睫毛微微地抖动，很从容地咀嚼，真是好吃啊。电影电视的镜头里，马槽里胡乱添着长草，从不铡一下。为着省事儿，还是黄草，就算场景是夏天，马槽里也永远是凌乱的黄草。这些破草扎嘴戳嗓子的很难吃，让马非常愤怒。它的长脸很烦躁，目光涣散沮丧。不吃吧，饿。吃吧，咽不下去。

我们河西的马，冬天也是吃黄草的。不是单纯的黄草，还要掺进去一些晒干的青草，都铡碎了，拌进去一些麸皮。人得吃粮食，马也一样，没有粮食不长膘。

夜里，还得加料。料是什么？是豌豆。豌豆磨成碎粒，清水里泡一会儿，均匀地撒在黄草上。马闻见豌豆的气息，眼神就欢愉起来，蹄子也踩得咔咔作响，拿脖子几下把喂马的人挤走，快快地吃豌豆。若是小马，还没有长大呢，喜欢撒娇，吃一口豌豆，还要把脑袋抵到人的怀里，跟小孩儿一样有趣儿。

黄草不是别的草，是麦草。收割后的麦捆子摞成垛，压得瓷实，要把麦草捂一捂，不至于太燥。搁了几天，拆开麦垛，摊在打麦场上暴晒。然后，用石头碌碡碾压。天底下最没意思的事情，就是赶着牲口打场。

牛太磨叽了，不行。毛驴也好，骡子也好，而马是最好的。把马套了套子，拉着石头碌碡，咕噜咕噜一圈一圈碾压麦子。太阳那么毒，晒得人睁不开眼睛。麦草晒得发烫，光脚丫子快要烙熟了，人不停地转圈圈。马性子急，一开始想撒欢儿跑，几圈下来，头晕眼花，跑不动了。马是要长嘶万里驰骋的，把它套在一个圈圈里，憋屈死了。

毛驴很奸猾，一边走一边吃，你以为它吃麦草吗？嘁，才不是呢。它把嘴伸到麦草层下面，寻麦子吃呢。毛驴就是有这种本事，一边走，一边嚼着粮食。你不让它吃，它就立刻刹住蹄子，死活不走，耍驴脾气，让你的场打不下来哩。

经过反复碾压的麦草，柔韧，蓬松，一点也不硬邦邦的了。庄稼人说，是把麦草的火气祛了，锋芒拔了。起场了，柔软的麦草用木叉挑起来，拉回家，再摞成麦草垛，还捂着。等一场清霜过后，原野里没有青草了，黄草也沉淀好了。拆开草垛，坐在太阳暖暖里铡草。铡好的黄草，柔滑，金灿灿的，干净光亮。这样的黄草，才是喂马的好草。少一道工序，草的品质就差了一截。

草好草差，马吃一口就能尝出来，嘴可是刁呢。有些人家的马，牵到别人家里，梗着脖子不吃人家的草，闹别扭。这家人懒，草不好吃。

好草喂出来的马，体肥膘壮，皮毛光滑，走路精神气儿足。赖草喂马，就把马喂成个龙王爷，瘦得剩下一身干骨头支撑着光阴。毛也倒龇着，眼神也涣散着，力气也没有，邋遢得很。

最好的马，叫天马，在遥远的西域。汉武帝做梦都想着这个事情，东方朔告诉他，西极马在乌孙，汗血马在大宛。这两样宝马，都可称为天马，是吃苜蓿的。普通的青草，恐不能喂活它们。天马力量大，速度快，能通人性。在战场上，一声长嘶，日行千里夜行八百。

匈奴人屡次犯边，靠得就是好马、铁蹄。真是令汉武帝头疼。后来嘛，长安城里种了苜蓿，汉武帝终于得到了天马。天马就是军事实力呢。天马繁衍，汉将军骑着汗血宝马，率领几万骑，军威大振，打败了强悍的匈奴人，一直把他们撵到很远的地方才罢休。

从此，河西属于大汉的地盘，种植苜蓿，放养天马。河西的水草，滋养着一匹一匹的良马。

读《汉书·礼乐志》中的《天马歌》，还能读出一份儿隔着千年的狂喜来：天马徕，从四极，涉流沙，九夷服。

这天马，高大，矫健俊美，灵性十足。昂首嘶鸣，余音几十里地。谁能不喜欢呢。

河西的宝马代代相承。到现在，天祝藏族自治县有一种名马，叫岔口驿走马。岔口驿是个地名，一个镇子。本地人说，土黄的走马下四川，不说你的命苦，还说你的走势好。在早前的岁月里，这种走马是极为重要的交通运输工具。现在，以车代步了，但岔口驿的人还是喜欢养马的。家里养一匹走马，显得阔绰。而一匹好马，依然是很贵的。

有一次路过乌鞘岭，看见有人骑着一匹白马在草滩上小跑。马尾巴上拴着红红绿绿的绸子布条，马笼头上也是红穗子。那匹马跑着跑着，尾巴飘逸，马鬃飘逸，很轻盈的，真像是要飞起来了。那一刻，我明白了天马行空的意思。

去看每年举行的草原赛马会，也是兴奋欢愉的事情。

赛马的背景是大草原，宽阔，碧绿，和风徐徐。几百匹马，汇聚在赛马场。跑马和走马不是自己来的，是人们牵来的，所以到处是人群。熙熙攘攘，热闹异常。赛马，是一种奔腾的艺术。

风里飞扬的，是"风马"，飞呀飞呀。经幡在风里猎猎地飘扬。桑烟袅袅，青蓝的烟雾迷离，清澈。祈颂吉祥如意的经文，也在桑烟里飘绕。蓝天，白云，草原，骏马……

万马奔腾的场面一定是很壮观了。就算几百匹，也是很豪迈啊。养马千日，赛马一时。马蹄掠过青草尖，风一样，箭一样。都说光阴似箭，这箭，是冷的，是凉的，射在一个人漫漫的一生。可是啊，这马做的箭，多么温暖，多么有情有义，射向草原的那一端。那一端，阳光朗朗，人群欢笑。

远处看，那奔跑的马群，像一团美丽的云朵，在疾速飘移。这样的云朵，是力量，是精神，是激情，是勇气，是希望，是豪迈，是气魄……

借助马飞驰的力量，表达自己内心的飞驰和豪情。每个人的心里，都有一双翅膀。每个人的梦里，都有一匹骏马。如果我不能飞，就让内心的翅膀飞。如果我不能奔驰，就让梦里的骏马驰骋。

风从凉州来

民勤

总以为，民勤在沙漠里，一年四季总是风沙飞扬、黄尘蒙蒙的。其实也没有。

路两边都是树，沙枣树居多。而且，我们赶上了最好的季节，沙枣树正在开花呢。米粒一样，淡淡的黄，那香味，是醇浓的清甜，一点一点渗进肺腑。清气上升，浊气下降。中医讲究意念，可以拿这清冽的花香，安神养心。

兰州城里，偶尔也有沙枣花卖，花蕾刚刚张开。我想，那一枝一枝的花儿，一定暗暗地搅起一小团清香，在黄河水的味道里，旋起一个个小小的馥郁的窝儿。

一路都是花香，心里倏然清凉起来。没有风，没有沙，只有明亮且强烈的阳光，还有庄稼、树木和村庄。

乡间的日子，真是惬意。门口拴一头牛，老人歇在树下，屋顶上一缕淡蓝的炊烟。背景是茫茫的田野，万物生长，那个绿呀！

民勤的人家，日子勤俭，唯有大门的门楼很讲究。那门楼，都修得高高的，镂空雕花，有些古风的韵味。每个门楼都是不一样的，拙朴素淡，不招摇。细细地看，一砖一瓦，都雕琢得有了诗意。光阴就是这样，是拿来热爱的。

有些门楼很古旧，大约有些年份了。再放一百年，都是文物了。门楼中间的匾额上，都题着四个大字，耕读世家，积善厚德……这样想着，日子就有了风雅。念着，也是温暖的。淳朴民风，就从这些苍劲的汉字里吹出来了。

路过很大的一个村庄，静悄悄的，只有阳光白花花地照着。一个老人倒背着手，弓着腰，慢慢溜达。一身青衣，像从秦时的光阴里赶来。

民勤大地，盛满阳光。

据说遥古的一次迁徙里，远在江浙的先祖们不愿意来这个荒蛮的边塞之地，都是被一条绳子牵着，双手倒绑着，一路跋涉而来的。所以，人老了，就溯回到时空的那一端：倒背着手，弓背腰，慢慢地跟日子磨叽。

世事沧桑，千重光阴都落下了。也许，那留在门楼上的四个字，肩负着对祖先的记忆，也是思念故乡最深的印记了。

老虎口

老虎口，一听就是边塞之地。这个地名很凛冽，有一股子呼啸的气势。

其实这是个风沙口，大风呼啸而来，又卷着尾巴呼啸而去，威风得很，是河西沙漠里的风老虎。

我们来的时候，风老虎没有来。阳光倾泻在十万沙滩上，干干净净，白白亮亮。沙滩不是赤裸的，穿着草木的衣裳。

满目都是梭梭。都瘦，不肥，绿色里有些灰。这是抵抗风沙的颜色，缺水的颜色。若是下一场大雨，它们立刻就丰硕了。不过呢，沙漠里很少有点雨。

大自然的事情，很难说清楚。虽说都是沙漠，但有些事我们是不晓得的。在老虎口活得最好的梭梭，拿到凉州那边，不怎么活。相距不过百十里地。凉州沙漠里活得最好的是花棒。花棒比梭梭漂亮，开淡紫的花朵，非常妖媚。

梭梭干巴一些，也更加耐旱一些。梭梭就是喜欢老虎口，十万梭梭，欢欢喜喜的样子。如果谁拉动大地的弦，这十万利箭就射向狂沙。谁是谁的脾气，谁是谁的活法。

梭梭的叶子上，会落下一层柔细的绒毛来。这些纤弱的绒毛，就粘在沙子上，形成一个硬壳儿，固沙。以柔制刚，梭梭深藏不露。

还有干枯的梭梭，都灰楚楚的。沙漠抽走了它们的颜色。

站在最高的沙丘上，辽远的沙漠里埋伏着十万梭梭。一眼望不到边。这梭梭，是沙乡人一棵一棵种植下去的。一点点水，就活了，比我还皮实。

我认识一个沙乡老人，他有空儿就治沙栽树，一辈子了，不消停地跟风沙较劲着。他站在几千亩长满了花棒的沙漠，将军一样在空中画了一圈说，你看，都是我种的。他那么满足，在风中像一尊慈眉的菩萨。

也许人生是寒凉的，可是有的人，却能用少少的柴，烘暖自己漫漫的一生。

植树的人，先用麦草压成十字格，刨掉浮沙，挖深坑。每个格子里栽两棵梭梭，浇两瓢水，就活了。苦了一天，嚼着馒头，喝着凉白开，坐在沙滩上休息。脸上却是快快乐乐的。他刨掉的是功利虚浮，剩下的是内心深处的慈悲了。

我暗自想，我若是有一身好力气，就一定划几座沙丘来栽梭梭。沙坡一定就叫刘坡坡，俗一点。我的梭梭们一定要有风雅的名字，几重、暖冬、枯荷、大风……我想入非非的时候，有个人打量我一眼说，就你啊？也想治沙？晒一天就蔫掉了。他们都大笑。唉唉，算了吧，我的几重、枯荷梭梭们，我爱你们！

沙漠里的光阴像一场大风，呼啸着刮个不停。沙乡人的一生，就跟这场命运的大风纠缠不休，因为无法选择。但是，可以种梭梭啊，十万梭梭的脚下，是十万土地，十万干净的阳光。

这些瘦削苍绿的梭梭，不是从《诗经》里赶来的，也不是从汉唐的月色里赶来的，它们是从天上来的，箭镞一样从岁月里射下来的。十万梭梭，吸净了大风的声音，多么恬静的好时光啊。

这是鸡零狗碎的日子，却是最真实的人间烟火气息。

潴野泽

沙漠里积存起来的一片水域。古时叫潴野泽，现在叫青土湖。

搁在茫茫大漠里，这是少少的一点水。但是，多么珍贵呢。一部分来自上游的红崖山水库，一部分来自黄河提灌的水，都是上游从牙缝里省下来的、从骨头上刮下来的呢。

很远处是土黄死寂的沙漠，地气冉冉。近一点是树木，在辽远的背景下渺小慈悲。还有零散的村落，那么地单薄。站在青土湖边，你真的可以感受到，什么是生命，活着是怎样的一种不容易。

任何生命，在这儿都是高贵的。

你以为，过着优雅富足的日子是高贵吗？不是，那是一种表象，一种轻飘飘的浮华。跟高贵没有关系。高贵在骨子里，在内心的深处。你看一个诗人，那么清瘦。听他说话，读他的诗歌，蓦然一惊，他的高贵是一种气场、一种脉，可以挟持世俗的一切虚浮。

草木，牛羊，人，都生活在风沙茫茫的光阴里。寒凉的日子里，肯定也有暖的东西。比如阳光，比如人情。有什么可抱怨的呢？有冷有暖，才是四季，庄稼才能收获，万物才能生长。人生不也如此？

那么单薄瘦小的植物，连鸟儿的鸣叫也是低低的。背景却是浩浩大漠，那苍黄，有点咄咄逼人的气势。怕吗？怎么不怕啊！这是腾格里沙漠和巴丹吉林沙漠，一左一右，两大沙漠在此虎视眈眈，每一株植物都生长得颤颤巍巍。世界上，没有比沙漠更可怕的了。

可是，只要一点点水，万物还是生长，人们还是耕作。人和植物，都皮实的，活得气定神闲，坚韧轻松。这是清寂纯粹的高贵，让人仰慕。

水不深，浅蓝的颜色。水面上闪着破碎的阳光，亮亮的，清汪汪的。以我的眼界来看，湖面也算是浩渺了，因为我是个山里人嘛，只见过河。我住在雪山之巅乌鞘岭，是石羊河的源头，也是湖水源头的一部分。那一刻，竟然暗暗得意，有些君住长江头的飘飘然来。

潴野泽。这个名字很胡风，也许跟匈奴有关系吧。潴野泽在很早很早之前，是非常丰美的一片水域。湖水不竭，据说湖里有一头金牛镇湖。后来，金牛被外国盗贼偷走了，湖水就一天天减少枯竭了。西域地界，被外国盗贼盗走的东西太多了，所以，他们偷走金牛，那简直是一定的。

传说当年大汉和匈奴在潴野泽大战，匈奴失利。后来，月明星稀的时候，湖面隐约回荡着匈奴民歌：失我祁连山，使我六畜不蕃息；失我焉支山，使我妇女无颜色……

这民歌，是匈奴方言唱的吧？

风中的芦苇

现在的潴野泽是干枯后，又补水丰盈起来的。所以，水中的植物稀疏，也单薄。最多的是芦苇，那么瘦，那么矮，却楚楚动人。

我见过张掖的芦苇。张掖有大片的湿地，充盈的水源，所以每一株芦苇都霸气、张扬，绿得张牙舞爪，目中无人。那芦苇，有一种肥美，强悍的样子让人臣服。

潴野泽的芦苇，它悄悄地生长，低低眉眼，低低地活。风从巴丹吉林沙漠刮来，呼呼作响，剪碎一湖水波。瘦瘦的芦苇在风里淡定且自在。几只野鸭子，踏波而来，稍稍躲一躲大风，又踩着水波远去。

风从腾格里沙漠刮来了，呼啸着，披着黄沙的长袍子，伸着黄沙的尖利爪子。风中的芦苇，不动声色，很听话，也很安静，任你大风吹。

长风萧萧，黄沙莽莽。如果是懦弱，也不会如此清寂安逸。如果是坚持，倒是真的。这大风刮着刮着，就颓废起来：这低矮的小东西，怎么这样地柔韧呢？

其实愈柔弱的，愈加强大。据说，沙子怕水。大风可以把一座沙丘从这个村庄移到那个村庄，但沙子跨不过细细的一道水渠。黄沙看见水，骨头就散掉了。

风中的芦苇，借助一片清凉的水域，以最低的姿势，抗衡苍茫的沙漠。这是暗暗拧巴的气势，慢慢纠缠着的较量。

清美的芦苇，在水一方。飒然，简单，缓慢。过日子，急了也没意思不是。

芦苇并不着急往高里长，往壮实里长，也不急着繁衍。它就是喜欢瘦，喜欢稀疏，喜欢慢慢跟风沙耗着。爱着这片水域，就不要索取太多。

阳光打在叶子上，有些沙沙的声音。那光芒，是金色的，垂在苇茎上。这样的芦苇，有了诗人的风骨，清雅，尊贵，慈悲。拒绝凌厉。

你看，那一片芦苇，多么朴拙，素淡。

隔着水面，远远地，我闻到一种味道，芦苇的味道。西风古道的味道，驿站瘦马的味道，黄沙直上白云间的味道，还有诗人踏歌而来的味道。

远处的沙滩

路过一大片戈壁沙滩，看不到边际，都生长着灌木，偶尔也有一两棵树。因为缺水，好多植物枯黄了。但就算枯萎了，还是活着的样子，有些铁骨铮铮的风骨。

活着的植物们，苍绿，瘦削。我知道它们的内心，都是拧巴着一股子劲儿。没有这些倔劲儿，怎么在沙漠里活。

活在水草肥美的地方是个活，活在沙漠里也是个活。风来了就来了，沙子走了就走了，有什么关系呢。秋天雨水多一点就旺一点，天旱一点就瘦一点，总归是活着的，惨淡经营着时间的。

人都想不透，活着究竟为了什么。植物们自然也不去想这么深奥的道理了。给点阳光，我就灿烂。给点雨水，我就生长。给点空间，我就蔓延。简简单单地活，删繁就简地过。

缺水了，是老天的事。砍伐了，是人们的事。如果不能改变别人，就一定要好好地照顾自己，牢牢地生长。

植物一半干枯了，另一半还挣扎着活。完全干枯了，根还熬煎地活着。嗓子都干得冒烟了，头发都干得冒烟了。这样的生命，是等待。活吧活吧，如果等来一场透彻的雨，就缓过来了，又可以欢欢喜喜过日子了。老天的心思，要刮风，要下雨，谁能说得清呢。

几棵不高的树木，都长成风的样子。奇怪，风是什么样子呢？我说不上。可是，它们真的是风的样子。枝丫纷乱，但朝着一个方向，是风把它们拧成那样了。像穿着宽大的袍子，凌空而舞。风走了，让树木拓成它的样子。

我还看见一个稻草人。黑色的长衣袍，歪斜着的草帽，一摇一摆。怎么看，都像个巫婆，巫气重重的。白天赶鸟儿，晚上吓鬼。

我若是做个稻草人，一定是要穿上花衣裳，在草帽上别一朵花。还要披一条纱巾，像飞天，在风中轻舞。阳光叮叮，蜜蜂嘤嘤，多么好。可是，这样的稻草人会不会太花哨，不好好赶鸟儿呢？

墨香的小院子

院子不大，隐在一片树林里，有陶渊明种菊东篱下的田园意境。树是榆树，还有白杨。林子里绿草萋萋，清水流过。还有几块青石头卧着，与花影为伴。一截朴拙的土墙，下面是夯实的，上面镂空，厚重里突然就多了份空灵，真是温暖。

庄门前，花满篱。芍药正醇，花朵开得有茶碗大，很有风情。还有几枝小红花，说不上名字，攀着树，从叶子后面探出来。

几垄大葱也开花了，白头翁一样。叶开老师说，咦，大葱也开花呀？当然开了，韭菜都要开花哩！大葱开花他一定是知道的，只是在迢迢路途里乍然相遇，这光灿莹澈的花，让他有些不知所措。叶老师来自南方水乡。或者，他怜悯着的，不是这几朵葱花，是整个塞外之地的环境氛围。

庄门旁边是黄草垛，还有很多枯树枝。草木枯萎了，是万籁俱静的踏实。花朵的缤纷是动，草木的凋谢是静。干草，枯枝，是心静如水的禅意。

院子里还是繁花正浓。

花园前面，是一架木头的水车。古朴，敦厚。摇一摇，水车就吱呀吱呀，一声一声转动起来。那声音是清凉的，是空谷幽兰的微凉与清澈。这古意的水车与鲜花为伴，素雅之极。水车素淡，些微显得清高。花朵正开得如火如荼，妩媚倾人。这样的意境，美得心里一惊，在《诗经》里吧？

小院的主人，是吾师李学辉先生。

老师有恩于我。

这么多年的关照、力荐，他是父亲，亦是兄长——这侠义慈悲的心肠，让我觉得这个世界是用温暖筑起来的。张晓风说："曾经受人祝福，受人包容，受人期许的我，此刻，总该像地心的融雪之泉，为自己流经的土地而喷珠溅玉吧？"是的，老师的期盼，从不为回报。他说，人活着，要认认真真做好一件事情。你，写好你的散文就可以了。

我肯做一个心地纯明的人，肯做一个踏实真诚的人。因为老师殷殷期盼，不是为得到失望。受人祝福和包容，如果不好好地努力，良心会不安。

小院三面都是房子。书房是三间，纸墨笔砚，一盆青绿的植物。淡淡的墨香里，刘醒龙老师写给我四个字：梅风雪骨。淡青的宣纸上，这字，醇厚，丰硕，有种被岁月淬火的凛凛气度。字如雁，是飞的，飞在清晨薄霜、芦花如雪的意境里。

施战军老师的字，如大野的清风，如流水，甚至能听到潺潺的水音。行云流水，大约就是说这样飘逸的笔墨吧。字，若荷，开在惊动山鸟的月色里。墨，若水，清冽地奔逐着。

梅花消息。寥寥几字，诗的意境缓慢绽开，让人支起耳朵来捕捉春的讯息，空气里淡淡的清香也跟着涌来了。叶舟老师写字，一挥而就。他的字，清瘦，孤傲，有宋朝的味道。盛唐太绚丽，少了沉静。他的字，如诗，纯净，凝练，是雨后清荷的气息。瘦，是诗人一种悠然的远意。

有容乃大。笔墨，承载了一个人的心境。心境的宽仁清美，是扑面而来的温暖。

苍茫人间，有万重愁，也有万重暖。暖是上天的祝福，真正值得珍惜和感恩的，就是这样厚德的温暖。

月亮出来亮汪汪

风吹来，不凉，暖暖的。

沙漠里的风，不懂得轻轻吹，总是这样又笨又呆地胡撞。

听到了水渠里的水响，哗哗，哗哗……

水边的垂柳，远处的小桥，在夜色里有些淡淡的诗意。

大家走着，突然，阿来老师说，看啊，月亮！

我们都抬头去看。一轮大漠明月，又圆又亮。那颜色，澄明，干净。大漠苍穹，浩瀚无际。那月，越加奢华。

沉默的阿来老师，突然轻轻唱起来了：月亮出来亮汪汪，亮汪汪，想起我的阿哥在深山。哥像月亮天上走，天上走……哥啊哥啊哥啊，山下小河淌水清悠悠……

真是让我们惊讶啊，银子一样清冽的歌声。月色如水，此刻的大漠明月，仿佛专心在等这自然而来的歌声。

是清风从漠漠草原上吹过的纯净。仔细听，像从遥远的地方，驾着一片黛蓝悠悠然赶来。

月亮出来亮汪汪，亮汪汪……寂寥的沙漠里，歌声如此淳朴，倏然间感动起来。听者的心里，都可以漏下几粒亮亮的星星来。

阿来老师唱歌，我们都静悄悄地听。一撮青草也在听，流水也在听，米粒一样的沙枣花儿也在听，沙漠里的牡丹花也在听。万物平等地听。

明月出天山，苍茫云海间。银子一样的歌声，来自天籁，流转在沙漠千里烟波间。

月亮出来照半坡，照半坡，望见月亮想起我的哥。一阵清风吹上坡，吹上坡，哥啊哥啊哥啊，你可听见阿妹叫阿哥……

苍茫大地是一匹褪了色的土黄绸缎，掺着沙枣花清香的大漠风一头撞在月光里。

月出鸟惊，是深山的月。大漠的月，坦荡，有些苍凉的远意。因为这穿空而来的歌声，月亮温暖亲切起来了。

啊，幕天席地的大漠里，大雁属于这歌声，花瓣雨属于这歌声，擦肩而过的凉州人属于这歌声……

那轮明月，在天空明亮金黄。

西凉乐舞，攻鼓子

看攻鼓子，没有一般腰鼓的热闹喜庆。隐隐有些杀机四伏的奇怪幻觉。

鼓声震震，像战鼓在劲擂。你知道，我没有去过古代，不知道战鼓应该是什么样的气势，全凭女人的直觉。

羊皮长鼓，枣木鼓槌，雨点骤然而来一样，不乱。先是轻捷的，咚，咚，咚。渐渐就激昂了，咚咚咚……恍然间，古战场正在酣战，他们个个都是盔甲重重的兵士。千军万马，没有观众，只有战士，在苍茫荒凉的大漠里呐喊……

常常想，攻鼓子的背后，是有故事的。这种刚毅而粗犷的舞蹈上空，是有灵魂的。我只能看到舞蹈的表象，无法洞悉飞天一样的鼓子灵魂。

芸芸众生里，万千舞蹈。唯有攻鼓子，能在步履跳跃的一片黄尘里，击打出金戈铁马的浩浩意境来。

攻鼓子舞起来的时候，有些巫气，一种攻击力在骨髓里奔涌。不是所有的舞蹈都有这样的蛊惑。你看，鼓子两侧是太极图，幽深，神秘，隐隐潜藏着疯狂和万千玄机。

舞蹈正酣的时候，羊皮长鼓在头顶翻飞，飞啊，漫天都是翻飞的太极图。神灵就降临在翻飞的太极图里吧？还有鼓点密集的声音，除了像战鼓，还有一种不能参透的气氛。是什么？我也说不清。连天神也不肯说破吧？

除了鼓子的红漆之外，队伍都是黑白两色。玄衣，白扣。太极图也是黑白两色。舞者眉毛浓黑，脸涂了很厚的白妆。这样的颜色，是肃穆，也有些惨然的东西在里面。

在凉州的民间传说里，攻鼓子为苗庄王所创。凉州自古是多民族聚居的地方，除了汉族，还有匈奴、吐蕃、党项族、蒙古族、藏族……苗庄王是什么族不重要，重要的是他创造了这么好的西凉乐舞。

凉州人说，攻鼓子是西域乐舞和中原乐舞交融出来的西部鼓舞艺术。它的确是独一无二的。

一直觉得攻鼓子应该是秦人的舞蹈。当然，是我胡思乱想的。我唯一的嗜好就是想象一些我不能明白的事情。

看看鼓手们的打扮吧：玄衣，玄裤，玄帽，紧身干练。黑幞帽两边，插上长长的野雉翎，表示上敬天意，下走凡尘。这样的寓意，分明是秦人的霸气和浩荡。舞者浓眉，白脸，从头到脚都是粗犷豪放。天，这真的是秦人夜行侠从时空里赶来了。

装扮好的鼓手，站在队列里，一动不动的时候，有一种兵马俑的神态。仿佛不管时光隔了几千重，凝神坚毅的样子不变。还有一些朴实憨厚的可爱。

我坚信这是秦人的舞蹈。最悠远的，也是最堪痛惜的。

历史上的凉州，和秦一直有着纠缠不清的感情。

那时候，凉州住的多是游牧民族，匈奴有，狄、戎有。喜欢征战的狄、戎们常常翻过乌鞘岭去秦人的地盘找事。所以，这秦人的攻鼓子就带着呼啸之气来了。秦人的老巢，距凉州并不遥远。而且，攻鼓子两端的太极图，发源地就是秦人的天水。

也许，攻鼓子就是那个时代落户在凉州的。这么强悍的鼓舞，一定糅合了胡风，不是纯粹的秦人舞蹈了。我是这么想的。本来，女人对历史是迟钝的，尤其像我这样懵懂的女人。让我想历史，就会想成这个样子。

还是说说这西凉乐舞攻鼓子吧。

鼓点敲开，舞步就柔韧起来。这样的柔韧里，暗含着一种强大的气势，或者是攻击性，随时都可以把舞蹈变成攻势和杀气。那兵器，就暗藏在鼓子里。为什么要有太极图呢？应是求神灵赐予力量吧。

打攻鼓子，是有阵法的。是八卦阵？是龙门阵？我不知道，但一定是遵循着某个阵法在变换招式。怎么看，都是兵士在操练，在优美的舞姿里霍霍摩拳。

若是几百人汇聚在一起表演"会鼓子"，你就看到排山倒海的气势和自信。跺脚声，沉闷的鼓点声，阵势不断变换，是秦人的一字长蛇阵、太极阵。那时候，千年前的闪闪盔甲和人喊马嘶都附体了，是灵魂在舞蹈。

边塞之地的古凉州，不缺乏悲凉的沙场。我们把羊肉叫"手抓"。锅里煮一煮，捞出来直接捉在手里吃，有一种匆忙和急迫。想必，这也是从古战场遗留下来的古风吧。

也许，攻鼓子里也浸入了月氏或乌孙等民族的舞蹈因子，因为这么粗犷豪放，有猎猎的大漠风和辽远的草原风。面对这样的舞蹈，很难不想到金戈铁马的沙场。

奔逐，俯冲，翻转，呐喊，充满了悲壮。那鼓点，如若骤雨打新荷，有土腥气，一波一波扑打在大漠的黄尘里。咚咚咚，虽沉凝，却陷于难以自拔的美中。那是力量的美，震撼的美，无边无际的美。

河西这个地方，留给诗人的也是这样凌厉的边荒记忆。千里黄云白日曛，北风吹雁雪纷纷。

古代的士卒，在这边陲之地经历过了多少悲伤离散。沉淀下来的，是一种代表着征战的鼓舞了。那藏在岁月深处的故事，慢慢消失了。

时空的那一端，是莽莽黄尘的沙场。时空的这一端，是豪情柔韧的鼓舞。这中间，用了千重厚的光阴。

红花瓷，温得月光入酒来

好酒，藏在坛子里。

藏酒的坛子，一定要有古意，要有饱满的风骨。红花瓷刚刚好，格外风雅，还有一点儿绚烂。那红花，是红牡丹，红牡丹红着要破哩。底子，是白釉，刀剔过的痕迹，青白得耀眼哩。剔出来的花，浮雕一样，真是美。这样，就有了一种风骨，是来自西夏的气象，粗犷而柔美，寂静而喧嚣。

老酒微黄。这淡淡的，若有若无的黄，也是很澄明的透彻。清洌，芬芳，饶舌绵柔。这酒，慢慢饮，缠绕着一种说不清的气息，像一轴水墨画卷里的那种恬然。

入口，是凉凉的、薄薄的液体。喝下去，慢慢地感觉出温暖而炽热的火焰。喝酒，不为驱寒，而是为了驱走世俗的虚浮。酒后吐真言，一杯，两杯，一层一层剥去功利，只留下最本真的自己。醉酒的人，只剩下自己。醒来，便要穿上虚浮，不以真面目示人了。

我叔是个胆小纳言的人。平日里的委屈，都积攒着，隐忍着。酒后，便鼓噪起来，把受的气要发作出来，痛快淋漓地骂人。他是个泥瓦匠，吃苦，受累，受气，有时候讨不到工钱。他常常借酒发发疯，心里的郁闷就疏散了。酒是一条心路，可以驱走内心淤积的寒。

借酒，也可以缓冲心里的伤。

好多的东西，都败给酒。

阿来老师说，林子里的鸟，是狗撵出来的；心里的话，是酒撵出来的。这透明的液体，是怎样一种神奇的东西啊！

妙玉的一盅清茶，是采撷了梅花瓣上的雪，储藏了三五年才拿出来的。她如果要酿酒，少不得也要坛藏十来年吧？那样冰雪般的女子，会酿出怎样的酒来呢？

有这么一轴画卷，是西夏酿酒图。图中的酿酒人，都是妙曼的女子。火炉、青烟、酒碗和长衫的女子。场景很悠闲，很雅致。那酒，在碗里飘逸，看了，人就都清幽起来。

美酒，都要藏在地窖里，慢慢发酵、酝酿，一点儿也能不着急。这个过程，酒自己把自己变得醇浓，自己把自己酝酿透彻。酒在地窖里都想什么呢？我们无从知道，酒自己知道。但酒不说，高僧一样，静静地悟。酒的心情，酒知道。芬芳，是经年修炼出来的道行。

最喜欢下雪的时候。

最好是大雪，漫天遍野的大雪，下得酣畅。天地寂静，千山鸟飞绝万径人踪灭。然后，煨起红泥小炉，炭火旺旺的，炖一壶红花瓷，微黄的酒汁，冒起一丝白气。

三两知己，围炉而坐。说说庄稼，说说诗词。什么也不用说了，就听一曲古琴，消停地饮下一杯温热的酒。日子，就是这样诗意地慢慢度过才好。有时候急急追逐到的，都是没用的。

这温热的酒，在舌尖是轻柔甘甜的。咽下去，满腔都是烈烈的炽热。这样的时候，说出来的话都是来自肺腑的，再也没有遮掩虚浮。人都醉了，说出来的都是酒酿出来的心里的话，肝胆相照。这酒后的真，就多了一份禅意。人生，还奢求那么多干什么呢？

如果牡丹开了，就要在月下赏。月光如缎，干净，清幽。红花瓷在月光里，也是一朵盛开的牡丹。没有月光杯，就斟在白瓷的碗里，让月光扑落在酒里，溢出来。这样的月光是熨心贴肺的，要用一种遥远的诗意，温酒。水一样的月光，渗进酒中。

月静，人稀，只有牡丹拆开的声音，扑簌，扑簌。这寂静，这花香，都浸入酒里了。满满的一碗酒，清甜芬芳。红花瓷，开成一朵西夏的牡丹，缠绕于岁月深处，多么富有禅意。

这样的红花瓷，就妖娆起来，沧桑起来。

那么，就蘸着月光轻轻啜饮一口，温热的，熨帖的，多么清雅。内心的一点点惆怅，就被酒撵出来了。一点点喜悦，也被酒撵出来了。于是，喊着朋友的小名，说，我醉了，真的醉了。这是月光温过的酒，醉了，是最真的自己。

酒醉不醉，别人也无从知晓，只有自己才明白。酒的香，淡淡的，却实在是诱人。这样的清香，是经历了岁月的沉淀，经过了漫长等待，所以才有彻心彻骨的芬芳。

打开一坛红花瓷，酒香弥漫，毫无保留地散发。不喝酒的人，心里也动一动。面对一坛子美酒的诱惑，很难不动声色。有个人就说了：我和酒是同谋。这酒，也忒可恨了，总是埋伏在日子里，动不动让人降服。

喝酒的女人，若是穿了白裙子，麻质的，长长的那种。那人若是红唇，明眸，长睫毛，真是风情啊。酒还未喝，你就输了，输得一塌糊涂。你自己都不知道怎么就这样束手无措地输了。

这酒，真是谁的同谋，挟持了你的心呢。

西夏文

有一种文字，很美，你一定没有亲眼看见过。真的。

我当然见了，不仅见了，还摸了摸——因为它刻在石碑上。

这是西夏碑，刻的文字当然是西夏文了。全称是重修护国寺感应塔碑，简称西夏碑。

西夏文字很好看，撇捺之间，烦琐而有序，花朵一样饱满舒展。这样神秘的文字，来自遥远的西夏王朝。古时凉州是西夏的陪都，称作"西凉府"。西夏碑就在凉州的大云寺内。后来改名为西夏护国寺。

清嘉庆年间，凉州学者张澍，在游大云寺的时候，发现一个封存了几百年的亭子。寺僧都不敢打开，说这是一个被诅咒过的亭子，很邪性，打开了，会给凉州大地带来灾难。张澍是还乡的官员，所以不信这个传言，坚持拆开了亭子。

如此，西夏碑晒在了阳光下，结束了几百年的幽藏。张澍发现，石碑上奇怪的文字就是失传已久的西夏文。每个字都像汉字，似曾相识，但他都不认识。当然，这正是李元昊想要的效果，让你认识了，算什么西夏文。

后来，兵荒马乱时期，这块珍贵的石碑早早被埋藏在地下，藏起来了。外国盗贼们没有嗅到信息，所以石碑安然无恙。

偌大一个西夏，隐居在西域的时空里，初次跟千年后的光阴见面，竟也只剩下这么一个青石头的碑了。

西夏，多么神秘的王朝。留下一块石碑，也是隐秘而含蓄的，一点也不张扬。那是怎样的一个朝代呢？谁也说不清，因为文字记载的东西很少很少。留下一些文字残片和残缺的陶瓷，让后人们去想象。

西夏文是西夏党项族语言的文字。笔画烦冗，称为蕃书或河西字。可见，河西在西夏的地位是多么重要。毛笔字写出来的西夏字，初看，非常飘逸，有一种清逸玄美的风骨。

这样的字体，仔细看着，慢慢就升腾起一种刀光剑影的寒气。那么多的撇捺，像剑，像刀。竖弯钩，像弓箭，暗含了杀气。就算是短短一撇，也像一枚匕首，寒光闪闪。还有很多笔画结构，像云梯，像矛，像盾。这样的字，看多了，内心的寒意便慢慢浸出来。

毕竟，它不是汉字，只是和汉字很像罢了。一个"了"字，在西夏文里有十一笔。你可以想象，多么烦琐。

汉字是温暖的，可心可意的。怎么看都是仁慈而怜悯的，充满了阳光、诗意，怎么看都清美雅致，令人想象无限。

西夏文不。每个字，都暗含了一种凶煞之气，不是绵软的，是锐利的。烦琐的背后，透着霸气和野气。撇捺多，横竖少；杀气多，平和少。

李元昊，这个大漠黄沙里出没的王，内心有多少柔软的东西？大臣野利仁荣，一定是深谙了西夏王的内心，创造出来的文字，跟西夏王心有灵犀，息息相通。多么默契的心灵沟通。看一看这样的文字，就能闻到西夏光阴里的气息，就能洞悉西夏王纷杂的内心世界。

一个停电的夜晚，我在一团昏黄的烛光下看几张西夏文的图片。这样泛着远古神秘气息的文字，在烛光里慢慢洇开。看着，看着，满纸的文字，都扑闪起来，是刀光剑影的凌厉，毫不温软。甚至能听见刀戈相击的声响。

那夜，一梦刀戈，一梦的西夏文字在酣战。梦里风沙茫茫，西夏的王，策马持戈，在大漠深处挥舞不休。

仔细看那些烦琐的西夏文，人慢慢能触摸到西夏的脉动，西夏王的心思。那些文字，尖锐、犀利，缺少温情，刀刀见血。笔画烦琐的背后，是想掩藏一种焦虑和不安，是想掩饰一种乱纷纷的心绪。频繁的撇捺，是刀剑的映射。几乎找不到笔画简寥的字，都是一样的繁沉厚重，一样的满身盔甲。

孤独的李元昊。人说，缺什么就炫耀什么。西夏文如此繁重，也许，李元昊的内心是寂寥寒凉的。

有本西夏辞典，叫《番汉合时掌中珠》，我们今天能读懂西夏文，就是借助这本宝典秘籍。西夏留给后世的东西很少了，一点一滴，都是很珍贵的。那些飘逸繁美的西夏字，那些远去的岁月，荒芜了，消失了。留下的一星点儿，慢慢叙述河西的一段零碎光阴。

西夏瓷蒺藜

蒺藜你一定见过吧？浑身是刺，愈枯老的，愈加厉害。把蒺藜放大到拳头大，然后是瓷的，就叫瓷蒺藜。不过，我觉得它更加像苍耳子，真的，非常像，简直一模一样。但是，西夏人硬要叫它瓷蒺藜，我也没有办法。大约，他们不喜欢苍耳子。明明那么像苍耳子。

这个咋咋呼呼的东西是用来干什么呢？它是西夏人的武器，相当于炸弹。瓷蒺藜是空心的，填满了炸药，引爆后，杀伤力非常大。

我的印象里，西夏人应该是擅长刀枪弓箭，炸药是汉人的事情。谁知道西夏人居然也这么嗜好炸药，而且把瓷蒺藜设计得如此威力无比。

还有一种瓷器，叫瓷手雷。像个狼牙棒，也是长满了刺，大约有小一点的西瓜大。更像个愤怒的刺猬，锋芒鼓胀。瓷手雷有把儿，也是空心的，中间装满炸药。

瓷蒺藜和瓷手雷浑身的这些刺儿，分散了着力点，掉在地上并不破碎。等炸药爆炸后，这些刺的杀伤力可是巨大的。

西夏人喜欢瓷器，除了烧制大量的坛坛罐罐，还烧制这些瓷武器。但是，在漫长的光阴里，西夏突然就消失得影无踪迹，只留下一点点零碎的痕迹。

凉州有个地方叫古城，是西夏的官窑。在古城随便一个地方挖下去，都是西夏残破瓷器的碎渣。有的地方，厚几米呢。瓷蒺藜和瓷手雷，都是从这个地方出土的。

有个村民，住在山下。秋天发洪水的时候，一座瓷窑被水冲塌了，露出一窑黑釉瓷碗，都是西夏的。这个村民春种秋收的时候，就取出西夏的瓷碗，吃饭喝水。用完了就随手扔了。有的地方呢，人家的宅屋十米以下，都是瓦渣片。

这么多的瓷器，西夏人大约也是做着买卖的。驼队把这些瓷器运到外面，换回来他们想要的东西。西夏的瓷器很朴拙，也很精美。双耳黑釉瓷罐，白釉瓷碗，黄釉瓷扁壶……

我摸了摸西夏的瓷蒺藜，凉凉的，扎扎的，有些颓废的煞气。它在西夏的时空里，轰然一声，烟花一样凋谢了。同在陈列架上的坛坛罐罐们，都是温润亲切的。唯有这两样，瓷蒺藜、瓷手雷，是决绝狂野的。

某次去串门，一直觉得那户人家的屋里氛围有点奇怪，阴，寒，脊背上有冰凉的汗。有种什么说不出的东西，冷冷的，逼仄的，在暗处盯着，让人不自在。仓惶出门的时候才发现，这种阴，来自一副完整的牦牛头骨，很大，白骨森森地悬挂在客厅，黑窟窟的深眼窝，人看了有一种悚然穿心而过。

我看瓷蒺藜、瓷手雷，也是这种感觉，不胜寒。

我想，我是个软弱的女人，需要温暖的东西。这么阴冷的瓷武器，森森寒芒，还是远一点吧。

老凉州

这是百年前，一个叫莫理循的外国人考察西域时，拍的一组古凉州的照片。比起凉州几千年的历史来，也不算很老。但依着我的眼光来看，的确很老了。老得都没牙了。

深冬。

凉州城墙拐角。

拐角是圆的，弧度很饱满，像一滴水一样。城墙上是城楼，威武，有气势。城楼顶上没有雪，城墙上也没有，阳光照着，干净朴素。

城外的大野里，却是雪，覆盖万物——百年前的雪和今天的雪，没什么差别，真是让我失望。总以为，光阴深处的东西，应该沧桑一些才好。可是那大野里的雪，分明和昨天下的一样，随意，潦草，有些枯瘦。

看不见村庄，很远处是树木，不是很多，干瘦寥落，剩下一把老骨头支撑在寒冬里哆嗦。只是苍茫的旷野，也看不见路，影影绰绰，好像一条结冰的河流，不甚真切。太阳亮亮的，在百年前的时光里照着凉州大野。

一百多年前的旷野和现在的旷野，也几乎没什么分别，一样的苍茫静寂，雪中的鸟巢柿子一样伶仃在枝头。可见，荒野是不会变老的。或者，它本来就是苍老的，再老，也老不到哪儿去。

凉州城城楼。

城墙也是圆的，好像不是青砖砌成的，墙面那么光滑莹润。也许是黄土夯成的，城墙垛倒是青砖的，有些棱角和凌厉。城楼三层，飞檐，六个角，角下挂着铜铃。风吹来，那铃声就叮咚叮咚清越地回响在凉州城里了吧？顶层是圆的，像清朝官员的帽子一样，还竖着尖尖的塔顶。

这都没什么。这张照片真正让我心里倏然一疼的，是一个寒碜的"人家"。是城楼前面，不远处有一截残破的城墙，很衰败了。几乎就是个土墩子。矮矮的土墩子上，掏开了一个墙洞，一个人猫着腰可以钻进去的样子。

洞口用碎砖瓦垒砌了半道墙，斜斜地砌上去，遮风挡寒。左角里留了个口，人可以跨进去。如果单单是这样，还不能断定这口破窑洞是一个人的家。

而让家的脉络清晰的是，洞门前的沙地上，有一痕细细的小路，被脚印拓得泛白，从洞口一直踩到远方去了。这是个穷人的家，门口的沙地还是扫过的，干干净净。主人出门去了，洞口拉了一道绳子，斜斜地封住门口，绳子还绑着一些布条，破碎的，有人间烟火的气息。一孔破窑是家，一道绳子是门户，日子贫寒得波澜不惊。

半个瓦罐，倒扣在碎砖矮墙上面，堵着一股寒风，看上去苍凉而温暖。穷困潦倒的日子里，至少，还有这样的一个栖身之处，还有这样的一个家不拒绝风雪里归来的人。

凉州城的街道。

街道是土路，不是我小说里写的青石板街。也不平整，中间低两边高，一条街像一个瓦槽。正中是高高的木头牌坊门楼、飞檐，镶了字的匾额，只是看不清匾额上的字。

百年前的一个凉州阔人走在路中间，长袍，马褂，穿得有点臃肿。右侧跟着一个细条的小厮，挑着东西。富人走路，腰板都是笔直的，有钱撑腰呢。尽管隔了重重光阴，依然还能看出一种气宇昂扬来。

没有雪，天晴晴的。路两边，几个走路的穷人，没有银子，他们的腰都是勾着的，眼睛盯着脚尖。距离镜头最近站着的一个人，还很年轻，梳了一根辫子，侧脸看着远处，袖着手。大襟短袄，因为冷，穿了好几件衣裳，一件比一件破旧。腰里束了布带，裤脚也束了布带。

他的身后，是一溜儿摆摊子的人，都坐在暖暖的冬阳里，有些慵懒，看守着面前的货物。还有一匹马，也许是枣红的，也许是土黄的，拴在屋檐下。那匹马，肥硕，神采飞扬。凉州自古有好马啊。一条黑白花的小狗，低头嗅一摊水，深情专注。

时间是中午，阳光正好的时候。地上的影子，都拖得不长，矮矮的一团，投在土路上。凉州城细水长流的日子里，一定不曾留意一个路过的外国人。因为这个人，让我们在百年后可以窥视那一个午后的闲散时光。

凉州西门附近。

是大片的民居。俯视。青砖黛瓦的屋顶中间，冒出来几棵树，也许是沙枣树，也许是胡杨，看上去很古老，枝丫纵横。粗壮的树桩，细密凌乱的枝条上，偶尔挂着一两个鸟窝。密密麻麻的屋脊，看不到边际，让我相信古人的诗词：凉州七里十万家。

天空里没有鸽子飞过，风轻云淡。也许，十万户人家烧煮三餐的时候，炊烟把自己送到空中，丝丝缕缕，那样的人间烟火气息，一定让这个外国人震撼吧？

凉州城外的村庄。

一棵树，很大，大约要七八个人才能合围过来吧。依然看不出是什么树，因为我很笨，因为所有树木到了冬天都只剩下一把老骨头，萧瑟，黯淡，不好分辨。树下是两匹白马，不远处有三个路人。人和马都很渺小，我疑心拍摄者是骑在人家的墙头上拍的。

背景是泥土的墙，庄院看上去很古朴憨厚，裹着一身沧桑。

还有一张，乍然看到，是一缕亲切的欢喜。这是距离凉州城很远的乡村——黑松驿。你还不知道，我就是黑松驿梁家庄子的人。我长时间凝视那张照片，寻找我家乡的气息。

这么多年来，漂泊在外。我过着疲惫贫寒的日子，为了生存，常常被挫败的日子绊倒在地。一次次从地上爬起来，擦去嘴角的血丝，挣扎在日子的寒凉里。我害怕陌生的人，不敢轻易信任别人，对明天的日子充满了恐慌。一个孤单的女人，呵护着怀里的孩子，内心除了软弱和寒冷，还能剩下什么？或许，能活着就已经很好了。伤痕累累的时候，不堪重负的时候，我就回到我的老家，黑松驿梁家庄子，在那个小山村里一边哭、一边舔舐伤口。

其实，不用寻找的。看一眼就是。土墙，不是纯粹的土墙，是一层石头一层泥砌成的。至今，我的村庄里还是这样的黑土泥墙。院落，也是低矮简朴的。墙头上的茅草，也是枯黄柔韧的。土路，残雪，石头矮墙。路上一匹矮马，东张西望。是的，就在前几天，我还在这个村庄里溜达，满目都是亲切的味道。

还有一张，是拾粪的孩子。应该也是我老家附近拍的。

几间破旧的房子，门口立着晒太阳的闲人，短袄，袖着手，脸上的表情淡漠。一个人骑在毛驴上，回头看一个刚会跑路的孩子。几只鸡在土里刨食，路边堆着一些土块。房顶上堆着一些荒草。

孩童们穿着过膝的棉袄，都破得掉布头。冬天很冷，破棉袄上面还套着一件棉坎肩。也束了裤脚，戴了布帽子，背着芨芨草编的背篓。他们尽管穿着破旧，但眼神纯真，清澈，没有哀伤和贫穷的影子。

小时候，我也拾牛粪，背着这样的背篓。衣裳，也许好不到哪儿去。依稀记得在冬天的清晨等牛，蹲在石头矮墙上，冻得清鼻涕直流。那样的冷，时光过了几十年，想起来依然还是瑟瑟发抖。

官府官差。

依然是破旧的棉袍子，肩上打了几层补丁，搭着牛毛织成的褡裢，腰里扎了一根绳子。脸上不是木讷的，还有点生动的笑意。一匹白马，很瘦，鼻梁上一撮黑色。地上的影子拖得老长，大约是早上，或者是傍晚。也许要出门，也许刚回来。

背景是厚厚的黄土墙，还有几棵白杨树。是的，我确定是白杨树。其中瘦高的一棵上，还垒着一个圆圆的鸟巢。西北苍凉的冬天，如果不是那一身棉袍子，让人无法想到这是百年前的时光。

老家的村庄，依然是乡村味道浓郁的。路上还是溜达的黄牛、灰毛驴，还有沉笨的木头牛车，吱呀吱呀响在黄土路上。只是白马、枣红马，很少见了。

这组百年前的照片，灰扑扑的，长满光阴的皱纹。有人说，光阴比任何东西都无情。其实，比光阴更加无情的东西多了。

我在一个风雪夜里闲翻着百年前的一组时光。这是时光凝固的片刻，它稍微打个盹，一个趔趄，又低头前走了。时光那端，老凉州的街上还是人来人往，树下的白马还在昂首嘶鸣，我的老家村庄里还站着晒太阳的庄稼人，路上还是拾牛粪的孩童。恍然觉得，挑开一道门帘，就能溯了时光，走到光阴那端去了。

老照片，也许稍微有些沉闷颓废的味道，但实在是打动了我——不是因为光阴苦短，不堪留，不堪挥霍。而是因为，我在那寒冷的气息里，看到了自己。

《敦煌汉简》记载了常用药材二十余种，人参、当归、黄芪、桔梗、半夏……这些药材根本不是敦煌地区出产，那么药材哪儿来的？是中央朝廷把全国好药材调运来敦煌，供给边塞屯戍队伍。

敦煌是重兵之地，敌人铁骑扬起的沙尘遮天蔽日，动不动席卷而来，伤筋动骨是一种常见疾病。有一个"血瘀方"专门治疗跌打损伤。这个方子是"恩典惠君方"属于王朝钦命配制，药物的组方剂量都是御医拟定，应该是一种配制好的散剂，或者丸剂。一旦伤损，立即服用，不耽搁病情。朝廷对屯戍士卒也是操碎了心。

《武威汉代医简》记载了一百多种药材，属于民间郎中所写。这些药材大多数是本地所产，属于地域性比较强的药材。比起《敦煌汉简》来，少了龟板、海藻之类的异域药材。靠山吃山，靠水吃水，武威出什么药材，就吃什么药材，不能跟敦煌比。有一个完整治疗咳嗽的药方，君药为柴胡，臣药为紫菀，佐药为款冬，皆为本地所产。

两汉时期的河西走廊，数十万兵卒守边，从《敦煌汉简》看，最常见的疾病是伤寒和跌打损伤。汉朝军队配备的药材，治疗这两种疾病的也最齐全。

伤寒这种病，传染性强大，连中原都被伤寒所困扰。其实整个古代都被伤寒袭击，张仲景专门著有《伤寒杂病论》医典。所以河西走廊出现伤寒也不足为奇。

那么民间怎么样呢？《武威汉代医简》里记载有内科、外科、妇科病历，没有消渴病记载——消渴病即糖尿病，这种病现在发病率太高。大概跟他们的饮食习惯有关系。实际上，一个地方的食物，控制着人身体里的疾病。也就是说，人跟着自然界的植物来调节自己的身体。

那么，守边兵士和百姓到底吃什么呢？谷类、蔬菜、野菜、牛羊肉、各种野兽肉，大概就这些。河西走廊的人喜欢开锅羊肉、锅盔，这一定是行军打仗留下的饮食文化。草原上，我见过藏族朋友吃生肉——刚宰掉的牦牛，冒着热气，他们把牛胸叉骨那儿的肉薄薄削片，就着蒜，大啖，据说味道鲜美。

农耕地区的人们根本不能这么大啖牛羊肉，因为身体是拒绝的。别说开锅肉和生肉，就是煮得熟烂的肉吃下去，也不能像藏族朋友那么把肉类营养完全吸收。

两汉时期河西走廊的人们饮食结构非常独特，牛羊肉保证了士卒强健的体力——他们的对手可是游牧匈奴人。但是牛羊肉肯定不会充足，有军事行动的时候才充裕。

牛羊不足，野兽可以补充一部分。但是猎杀野生动物使得他们必须面对这样的现实——时而得到大量的肉类，时而不得不忍受饥荒。而且捕猎有季节性，秋冬才行。

朝廷的供给路途遥远，十万里路上送粮食，太难了。于是屯兵垦田——平日里士兵从事耕田，有战事立即集结。

河西走廊的植被在古代相当茂盛——除了粮食之外，他们还需要大量的野生植物保护他们在遇到饥荒时期能生存下来。这些植物除了多种维生素，大多有药用价值，有抗氧化作用。

古河西人喜欢吃的开锅肉只有三分熟，和野菜一样，进食后吸收速度缓慢，能抗饿，保持血液中血糖水平稳定。他们面对的疾病是伤寒和跌打损伤，属于外邪入侵。野生植物能保护他们邪不扰内。

人和植物相互依存，人们从野菜里获得了某种抵抗杂病的能力，从牛羊肉里获得了营养，在这样的背景下，敦煌医简记载医案的背后，是食物与环境紧密的联系。

除了伤寒，医简没有记载大规模的瘟疫。从历史遗留的习俗看，藏族食肉很节制，不吃奇蹄动物。比如马、骡子和驴，它们的蹄子是圆的。还有很多动物也不吃，老鹰啊，旱獭啊，乌鸦啦，老鼠啦……它们来自大自然，不属于人类。他们只吃自己豢养的偶蹄动物，比如牛、羊——它们的蹄子是分开的，两个鞘趾。我在沙漠里生活时，村子里人家不吃狗肉。

因此可以推断，古河西走廊的人打猎有所挑选，除了饥荒年，他们对自己的食物不随心所欲。以野羊为主，其余寥寥——如今凉州许多地名可以作证，如野羊沟、黄羊川、青羊岭和羊圈湾等。我的老家古浪，有可能是藏语"古尔浪哇"的简称，意思是黄羊出没的地方。

和羊肉搭配的是什么蔬菜呢？能查到的是蔓菁、秋葵和小蒜。

《本草纲目》记载："（诜曰）蔓菁出河西，叶大根亦粗长。和羊肉食甚美，常食都不见发病。冬日作菹煮羹食，消宿食，下气治嗽。诸家商略其性冷，而本草云温，恐误也。"

秋葵是非常古老的一味蔬菜，河西走廊肯定有。至于小蒜，野生的、种植的都很多。

那么，西夏的情况怎么样呢？我总是心心念念惦记西夏。大概，古凉州是西夏的辅都吧。或者，我有西夏情结。

司马光怎么说西夏呢？在《论西夏札子》里说："氐羌旧壤，所产者不过羊马毡毯。"

你以为真是这样吗？错啦。看看西夏和宋朝贸易的榷场，其实西夏的草药非常多。榷场是宋朝设置的贸易场所，一般在边界上设置。黑土城出土的医书简里记载，两家最常以物易物的是以西夏的甘草、大黄、麝脐、羚羊角、柴胡、苁蓉、红花、枸杞、青盐等物，换取宋朝的瓷漆器，姜桂，布匹等物。

成吉思汗破了西夏灵武城之后抢的是什么？《元史》卷《耶律楚材传》记载："诸将争取子女金帛，楚材独收遗书及大黄药材。既而士兵病疫，得大黄辄愈。"一个男人，不为金帛美女所惑，也很可怕。

那么，耶律楚材是谁呢？成吉思汗的临终遗诏就是托国于耶律楚材。成吉思汗病重时，西夏的分崩离析指日可待，他攻击的目标转向南宋。此时，他的大军正在征剿西夏与金国，于是他把灭金攻宋的重任托付给耶律楚材。

西夏的药典《杂字·药物部第十》记载药材一百四十多味。《天盛改旧新定律令》二百三十多味。《医方》七十二味药材。草木药材，矿石药材，动物药材，都有。

那么，西夏人最常得什么病呢？黑土城出土的医药文献记载，最常见的是伤寒和癞疮。大规模的瘟疫是被成吉思汗大军围城数月，加上地震、暴雨、饥寒等情况下爆发的。

伤寒不必说，地球人都在得。西夏人相当害怕癞疮，以至于赌咒发誓时说，若有负人，愿意秃头生疮。倘若某人患有恶疮，犯了罪可以减刑。可见这种病难治愈，且传染——传染是非常可怕的一个词。历史上有些城市明明很繁华，但却诡秘地消失在时空里，有可能是瘟疫传播所灭。

西夏尚武，马惊人坠地，跌打摔伤出现的病例也比较多。另外，有一种病叫"喉涨"大概类似于胆汁反流。还有"脉阻"病，血脉不通。有一种方剂治疗女人"身重心病"，这个病没弄懂。所以西夏一边和宋朝打仗，抢宋朝的东西，一边又派人到宋朝学习医术——大哥，你不能眼睁睁看着白高夏国有病不能医吧？给点药，给点方子，给点医典。

西夏不停地朝着宋朝要这要那，多次官方请求宋朝赐给他们各种典籍。宋景德四年（1007年），宋真宗"准诏赐赵德明冬服及《仪天历》"。宋嘉祐七年（1062年），西夏"《求九经》《唐史》《册府元龟》及宋正至朝贺仪，诏赐《九经》，还所献马。"西夏学习宋朝的医学知识，然后建立起自己的医学体系。

一直想不通，宋朝为啥对西夏那么好，一边挨打，一边啥都给。像我这样小气的人，连一个子儿都不愿意给，谁叫你动不动挑衅来着。

西夏的药材炮制方法也遵从中原医学的炮制方法。不过他们也因地制宜，自己也发挥一下，有他们独特的地域特色和民族特色。河西走廊是西夏的大后方，和西域商贸频繁，所以西夏采用西域药材。粟特人贩运来的胡椒、乳香、大食粉等。这些药材虽不是常用药，但也必不可少。他们的调料，也有一部分来自西域。

西夏贵族中间流行一种病，叫"脂病"，皆因肥胖所致，大概就是糖尿病。于是上层中流行宋朝的道家养生法，求得瘦身。西夏太子宁明怎么死的？"喜方术，从道士路修篁学辟谷，气忤而死。"是减肥练气功练得走火入魔了。

西夏的百姓怎么样？别提啦，尽吃些野菜，哪有肥胖呢，得病也是营养不良所致。

《西夏传》记载："其民春天吃鼓子蔓、碱松子。夏天食苁蓉苗、小芜荑。秋天食席鸡子、地黄叶、登厢草。冬则蓄沙葱、野韭、拒霜、灰条子、白蒿、以为岁计。"

穷啊。这些野草野菜找来瞧瞧。碱松子、席鸡子，不知所云，找不到。苁蓉苗，肉苁蓉是多年生寄生草本，沙漠里多，圆柱状，长得跟老鼠尾巴似的。肉苁蓉也是一味药材，补肾阳，益精血，可提高人的免疫能力。

小芜荑。芜荑，有大小两种。小的是榆荚，揉开取仁，酝酿成酱，味道辛辣。也有人摘了榆荚，盐渍，秋后食之，可能当作酱菜。

地黄叶，矮小，普通，看上去干茬茬的。稀稀疏疏几片叶子，寸许长，软塌塌趴在地上。地黄是一味地道的中药材，常用于恶疮、手、足癣治疗。估计做菜不大好吃。

拒霜，花名，木芙蓉的别称。古籍说，拒霜冬凋夏茂，仲秋开花，耐寒不落，故名。又说拒霜花常多叶，始开白色，明日稍红，又明日则若桃花然。拒霜也是药材，有清热解毒、消肿排脓的作用。

登厢草，也叫东廧草，又名沙蓬，救荒植物。《辽史·二国外记传·西夏》记载："土产大麦、荜豆……登厢草、沙葱。"登厢就是沙米，一种草籽，沙漠里很多。

沙米苗高两三尺，像蓬草。暮春发芽，夏季遇见雨水迅速生长，十月结子成熟。子碎小，扁圆，黄褐色，如罂粟子。沙米肥而有脂，很养人，相当美味。西夏在河西走廊的驻军拿沙米充军粮，叫野谷。

至于沙葱、野韭、灰条子、白蒿这些，到处都有，饥荒年都是上好的养命野菜。

我们再看看西夏谚语，他们到底吃些啥。谚语来自民间，无从雕饰。

吃完棘草颚不穿，口小不嫌野菜苦。

互饮残羹不嫌心，同穿补衲不觉丑。

只喝稀汤不饱人，粥菜合吃可延年。

老百姓日常就吃这些野生植物，绝对。这些野草野菜属于一种"慢食"，除了维生素之外，有强大的药用功能，能够延缓食物吸收，能保持血脂水平稳定，阻止心血管类疾病的发生。倘若不是征战，西夏人的寿命大概也不算短。

西夏人最害怕的癞疮是怎么来的？西夏最强盛的时候，战马接近五十万匹。牛羊不算。所以癞疮是从饲养的牲口那儿传染了疥虫，然后蔓延开。这种病传染性极强，古人的卫生条件差，所以很难遏制。

西夏人食用沙漠植物比较多。沙漠植物为了适应干旱气候，不断进化，把叶子变成针，把所有多余的枝叶都抛弃掉。那么，它们有可能拥有了某种能力，食用它们的西夏人身体里的疾病，也被它们所精简扼制——从进化的过程来看，沙漠植物不断在做"删除运动"，把它们认为不好的全部剔除。

西夏人勇猛好斗，也可能跟食用的野菜有关系。有些草药催情，有些草药能提高人体的多巴胺分泌。比如肉苁蓉，它能刺激神经元，分泌一种让人愉快的化学物质，这种物质类似于兴奋剂，使得西夏人在战场上产生快感，厮杀带来的亢奋使得他们攻击力强大。看看西夏谚语：

肠子露，腰上缠。

腹子破，用草填。

心怯也别趴下，

箭尽也别投降。

凶悍不凶悍？亢奋不亢奋？一定还有别的野草促使他们的大脑释放出大量多巴胺，不然不好解释西夏人年年打仗的理由。就是为了抢夺宋朝的财物，也有消停的时刻。可是，他们就那么不知疲倦地攻打宋朝，胜了打，败了也打，搞得宋朝很恼火，也很无奈。

野菜适应自然的能力比家种的菜要强，它的某种物质也相应强大，它们有可能拥有了控制吃它们的人类的能力——给予能量，祛除疾病。宋人食用种植作物，野生植物几乎被抛弃，那么之前野生植物留在身体里的保护作用就会逐步消失，所以爆发力不如西夏人。宋朝生活的地方实在温软讲究，食物经过精心烹调，丧失了原有的物质成分，导致宋人软糯含蓄。看日本人的饮食，生鱼片、生菜，大概就是为了保持食物本有的功能。

野生植物和三分熟的肉类，黏堵在肠道，消化慢，吸收也慢。所以壁画中的西夏人难得有胖子。除了贵族。

唐人胖，不单单是对食物烹调精益求精，使得人体吸收特别快，容易储存脂肪——经过精加工的食物会成倍增加血液中的血糖水平，能快速堆积脂肪。还有一个原因，唐朝的物产丰富，不必常年吃野谷野菜。饥荒少，百姓也吃得起正经粮食，自然能量储备有余，胖子多也无可厚非。

李时珍这个人，有佛心。他记载的医案，看起来好像是说病，其实每个医案都是历史的一个片段。他说，有个婢女总挨打，逃走了，躲在深山。十来年后被樵夫碰见，婢女黑发童颜，不见老。樵夫回去立刻告密，原来的主人带人进山抓住婢女。问来问去，婢女十来年就是吃柏子仁，这味药材才被大家发现。

他只是给你讲柏子仁，但是你仔细想想那个婢女，多可怜。

又说："时珍自京师还，见北地车夫每载之，云暮归煎汤饮可补损伤，则益气续筋之说，尤可征矣。筋被斫断者，用旋花根捣汁沥断处，仍以滓敷，日二易，半月即续。"

什么意思呢？时珍在驿站，遇见几个马夫，晚间煮着连根带叶的野草吃。问起原因，马夫回答说，我们赶车人，野地里奔跑，伤筋动骨免不了的。这味草叫鼓子花，吃了可以舒筋活血。时珍后来发现，鼓子花对续筋骨也很好，筋被斫断者，用旋花半月即可愈合。

不过，笔锋一转说："凡筋断者取旋花根，捣汁，沥入仍以渣敷之，日三易，须令断筋相对，半月后即相续如故。蜀见奴逃走多刺筋，以此续之百不失一。"

对逃走的奴，逮住后刺断筋，令其不敢再逃，受尽折磨。然后拿旋花根给续接上，继续给主人干活，受其控制。太可怕了，不敢细想。

李时珍就是要告诉你药材之外的故事。不，是药材之外真实的人间。这人间，有药可医，也有无药可治。

人类在进化过程中，必须适应周围环境。如果外界传递来的信息总是饥荒和贫乏，那么身体里会获得一种抗体，保护人顺利渡过难关——流浪汉、疯子，总是捡拾残渣剩羹，压根也不见吃坏肚子。养尊处优的人若吃一顿就食物中毒。

都说一方水土养一方人，本地食物有一种能力，能够保护原住居民，使得他们的身体不会产生异常的变异。这么说可能有点难懂，比如我是沙漠里长大的，很少吃肉，从小到大吃什么呢？面食、小米、黄米，自己种的小白菜、茄子、辣子。有一年我去海边，第一餐吃了生鱼片，还有海鲜。然后这些食物滞留在胃里不消化，吃了好几天药——身体对本地食物有辨认度，本能拒绝外来的东西，从而启动了保护系统。

古时的河西走廊，冬天寒冷漫长，看看苏武牧羊的历史就可得知一二。那么，夏秋两季食物供应比较充分，冬春就匮乏了。西夏人做酱菜，晾晒干菜抵御食物匮乏的季节。而身体也在不断调节，适应食物供给的变化。所以西夏人行军打仗，多选择在夏秋季节。牛羊野兽肥美，野菜茂密之时是体能状态最好的时候，也是战马劲头最足的时候。

宋朝出兵，会在冬春季节突然袭击。因为宋人属农耕民族，食用谷米类，能量储备均衡，不存在身体需要额外脂肪储备，也不存在冬春时节疲乏的情况。宋朝步兵强大，战马少，中原草料充足，所以兵马未动，粮草先行。也有那么几回，宋朝把邻居们打得满地找牙。要知道，步兵和骑兵的差异那是巨大的。宋朝实在不容易，南宋更加可怜。

一般来说，游牧民族经历食物匮乏时期和饥荒的概率比农耕民族要多——农耕民族特别会储存粮食，要有院子，盖好多房子，就是为了储备物资。游牧民族居无定所，就一定要搭帐篷，没有办法储藏大量食物。

成吉思汗灭西夏王城，选择在春天。游牧民族最怕"春乏关"人困马乏，战斗力不行，不大符合兵家之道。但是，如果他的军队没有隔夜粮的话，打仗起来也很卖命。

其实成吉思汗根本不打没有把握的仗。他打定主意要攻下西夏王城，那么春天出兵是最合适的。二月，成吉思汗破临洮府。三月，破洮河、西宁。四月破拔德顺等州。五月，抵达六盘山地区，直逼西夏王城。

心怯也别趴下，箭尽也别投降——西夏王城兴庆府一天两天拿不下，需要长时间来围攻。夏秋时节草木旺盛，牛羊野兽肥美，成吉思汗掐算得相当好。历史上多少败仗，就是因为粮草不足坏了事。他盘踞在金、夏、宋"三处交界之地"的六盘山地区，野兽、野草、野菜多得吃不完。

倘若他夏天出兵，攻打到西夏王城时，必定到了初冬草木萧萧之时。大军围城之时，他将不得不面对一个现实——没有绿叶野菜和战马的青草。

野菜提供给人体的，除了叶酸，还有许多必要的维生素、矿物质，以及膳食纤维。倘若没有野菜补给，天气寒冷，他的将士身体免疫力不够，容易生病，战斗力暴跌。

被围在兴庆府城里的西夏人恰恰相反，得不到大量新鲜野菜——西夏人日常根本离不开野菜，身体里认可的是野菜带来的爆发力。紧接着，兴庆府遭遇地震、暴雨、饥荒，各种磨难。老天要抛弃他们了。

为臣不惜命，射箭不择地势——西夏人饿着肚子死守。而摧毁西夏末主李睍的，是一场城内流行的瘟疫。断了草药，他不得不献城投降。西夏兴庆府最后被屠城，李睍成为成吉思汗的陪葬。

我觉得成吉思汗热衷于征战，不断到达地球的最远端，就是为了逃避单调的食物，为了找到更好吃的东西。尤其南宋都城，天呐，藏着天底下最好吃的东西。

医简的字很节俭，就那么寥寥数语。但是，潜伏着整个古代的时空。人间多少事，都藏在木简里，说与不说，都是尘封往事。

我还记得那一长串火车。车厢里空荡荡的，也许拉过煤，也许不是。那么小的站台，但是火车还是喘着气很有尊严地停下来。

是清晨，太阳还没出来。火车头前面的灯光逐渐弱下去。尽管是夏天，山里也还是冷。空气里含着浓浓的土腥味，站台上一层浮土，浮土上隐约留着雨滴砸过的浅浅的小窝儿。夜里可能刮过一场风，也可能下过一阵小雨。谁知道呢。

孕姑姑说，赶紧。于是，她一翻身，跳进火车空荡荡的车厢里。我愣怔地立在站台上。几个女孩啴啴啴跟着跳进车厢，一些扫帚和牛毛口袋被铁路轨道边的大人们扔进车厢。剩下我。于是慌慌张张爬上火车，腿肚子索索抖。车厢简直太大了。

那一年，我十来岁，没有扒火车的经验。我住在沙漠里一个小村庄，只能远远地看着火车飞驰着绝尘而去。火车在沙漠里根本不停。

奶奶的娘家，在这座山谷里。我跟着尕姑姑，来到这个小村庄串亲戚。一群十五六岁的女孩子们，每天扒了火车去扫炭灰。火车要穿越大山，一路爬坡，相当吃力，得要大量的煤炭轰才行。火车烟囱里冒出来的炭灰就飘落于铁道两旁，有大转弯的地方，厚厚一层积攒着，风刮不走。那个物资极度匮乏的年月，这些炭灰就是家里最主要的燃料来源。

尕姑姑一心想进县城逛逛。于是，带着我搭上这趟路过县城的火车。

奶奶的娘家，这个小山村非常美，串亲戚的日子很快活。我认识了几个小伙伴，在人家开满花的庄门前捉迷藏、跳方格。还有蜀葵，一株一株盛开。只觉得，那些花朵真是好得令人无奈。我梳着两支羊角小辫，偷偷掐几朵绸子一样柔软的小花，粉红的深紫的，别在辫梢，以为特别美。

老式的拔廊房子，木头雕花窗子，贴着喜鹊登梅的大红窗花。舅爷爷翘着山羊胡子，坐在深深的廊檐下吃烟，吐出的青烟缭绕着他。阳光照不到廊檐下，有一种阴影重叠的幽深。舅爷爷潜伏在幽微的静寂里，使得廊檐下的光线看起来比别处更加深沉澄澈，更加神秘幽玄。

我走进院子里，舅爷爷裹着他浓厚的暗影，几乎看不见。正午的阳光那么热烈，屋檐下的幽暗和阴凉一定是为了搭配院子里的亮光和炙热。书房门开着，堆叠的幽暗不接受阳光，洞开的门口是一团更加浓厚的阴影。我看不清屋子里的摆设，八仙桌看不清，高高靠背的老式椅子也看不清，就是一种幽微却又宽阔的幽暗。那种幽暗很难形容，甚至是半透明的，是深深吸饱了阳光后吐出的暗影。那么浓稠，那么堆叠的古色古香。

奶奶的娘家曾经是大户人家，这个院子是老院子。即便世事变迁，但老院子散发出来那种沉沉的气势、积淀的厚重，还有一种说不清的幽深，引起一个小女孩的遐想——跟我家单薄的黄泥小院哪儿不一样呢？感觉分明不一样啊？

舅爷爷咳嗽了几声。不是旱烟呛的，是一种习惯性的咳嗽，是说话之前的药引子。但是他似乎没有说话。他只是呼噜呼噜喝茶，听上去特别香。茶叶刚泡的，粗糙的茶丝被开水催着，吐出一丝丝暗红的颜色，丝丝缕缕的暗红慢慢弥散在茶缸里，白瓷茶缸里的茶汤越来越酽，深红深红。

我端起舅爷爷的茶缸，咕嘟咕嘟喝几口，衣袖抹抹嘴，又要去玩。舅爷爷摸摸我的头，不说话，又在吃烟。我从屋檐下幽暗浓稠的阴影里走出来，走到院子正中。回头，舅爷爷仍然隐身在古色古香的廊檐下，一团青烟笼罩着他，朦胧而缥缈，像在时光深处。

我的舅奶奶，一个穿着黑色大襟衣裳的小脚老太太，说话很慢，捣着小脚来来去去，在村庄里那些浓密的植物丛里一会儿出现，一会儿消失。

舅奶奶和小村庄里包着褐色头巾，驼背，走路一捣一捣挂着拐杖，说话声音拖得老长。舅奶奶头上缠着黑色的帕子，脚踝也缠着黑色的布带，看上去紧凑利落，脊背直直的，那么瘦。

她不停地晒夏——香豆草的嫩叶掐下来，猛烈地搓揉一顿，搓出浓绿的汁液，把蜷缩的叶子晾晒在大笸篮里。这样的香豆叶子晒干颜色很绿，碾成粉末，卷在面饼里蒸花卷，非常香。

灯盏花细长的花瓣，芹菜的嫩叶，小葱切成圈，野石葱花的花蕾、芫荽，这些红红绿绿的植物花叶都晾晒在屋檐下，一点一点变干，颜色变得干燥浓烈，收起来挂在厨房墙上。这样的干蔬菜叫"汤花"，冬天没有新鲜蔬菜的时候，这些干蔬菜撒在汤面条里，特别诱人，散发着清香的植物气息。

也有的人家不晒这些"汤花"，冬天就只能吃一碗裸面条，佐一碟腌菜，清汤寡水，可够单调的。

舅奶奶走进开满灯盏花的菜园子，弯下腰，摘一朵一朵的金黄色花朵。她的簸箕里堆积着许多花朵，还有几把香豆叶和芫荽。矮矮的树枝子篱笆隔开芫荽畦和芹菜畦，我从篱笆上跳过来跳过去，一次也没有踩倒蔬菜，刚好落脚在蔬菜的空隙里。

也有失手的时候。有一次跳歪，跳到荨麻草窠里，荨麻叶子上有毒的针刺立刻袭击我。那两天我一直红肿着脸和手，涂着鸡蛋液，像个傻瓜似的跑来跑去。

舅奶奶从一垄水萝卜里挑出一根白胖的，拔出来，擦掉泥，给我吃。有个叫百灵的女孩子远远喊我，刘花花呀，刘花花呀，去不去牛头山上摘野草莓？舅奶奶手搭凉棚看远处，说了声花花不去呢，路远。她歇口气，仍旧低头薅草。阳光穿透她黑色的帕子，汗珠子从额头冒出来。她的簸箕里花朵和蔬菜嫩叶垒得鼓尖。

舅奶奶话少。大多数时候，她总是沉默着，在村庄里那些浓密的植物丛里一会儿出现，一会儿消失。就像舅爷爷，在廊檐下那些幽暗的阴影里一会儿出现，一会儿消失。

尕姑姑非要进一趟县城。进城的途径很简单，除了走路，就是扒火车。舅奶奶点点头，叮咛她带好黄毛丫头。黄毛丫头就是我。

那串火车吼了一声，离开小站，哐当哐当爬山。几个女孩子嘻嘻哈哈在车厢里打闹。车头的黑烟被风刮过来，像稠浓的粥，灌满车厢，我们都在粥里扑腾。脚下是沉闷的哐当声，火车在山里绕来绕去，极慢，似乎比散步也快不了多少。也许是错觉，火车有可能在飞驰。山风突然割过来，把黑烟粥一片一片揭走，剩下尖利的冷。

我看见车厢里的女孩们稳稳站着，掏出一块手绢，深呼吸，蒙在鼻子上。还没明白过来怎么回事，眼前突然一黑，火车钻进隧道。浓烈的烟逼过来，立刻呛进肺里，我挣扎着吸气呼气，整个人都要崩溃了。但是隧道很长，我在黑烟里几乎要窒息。黑暗的隧道简直是永恒。我在黑暗里摸索小伙伴。没摸着，只摸着了冰冷的铁。

沉闷的声音缓缓清晰，突然看见一团白光，日光哗啦一下劈面扑来，风也跟过来，总算重见天日了。我大口喘气，眼泪都憋下来了。女孩们收起手绢，若无其事谈笑，一点也没熏坏。她们已经习惯扒火车，积累了对付黑烟的经验。可是我头一次扒火车呀，只觉得肺里憋得厉害，快要熏得晕过去，头发被山风吹得胡乱飘。尕姑姑在车厢的角落里蜷缩着，死死闭着眼，我以为她被黑烟熏死了。结果，她咳嗽了一声，睁开眼睛。

一会儿，女孩们又拿出手绢，按在鼻子上，深呼吸。又是隧道！我哀哀地惊叫几声，火车已经钻进隧道里。一股浓稠的黑烟卷过来，按住我，扑面熏。我眼泪被熏出来，鼻涕也熏出来，战战兢兢不知道洞子到底有多深，总也出不去一般，慌乱中，抓了身边的女孩一把。她说，憋气，长呼吸——快要崩溃了，想跳下去。总觉得跳下去，可以跑出洞子，可以活命。

猛然眼前一亮，出洞子了，山风呼一下甩来。我觉得世界重新推过来，又回到日光中，空气中。腿抖得筛豆子一样，胸腔长长甩出一口气。车厢在微微摇晃，脚下还是沉闷的哐当声。我感觉到脸上锈了一层烟灰，粘着睫毛。转眼看，女孩们的脸都被黑烟熏得像锅底一般，眼睛还眨巴着。不过，眼珠子都涩得转不动了。我好一点，大花脸，眼泪鼻涕糊了一脸。大口喘息，一身汗。

又过了几个隧道，我觉得自己被黑烟熏得快要撑不住，胸腔里装满了黑烟，一呼一吸都是黑烟，吐不干净。我想起熏瞎老鼠——冬天的时候，几个小孩堵住老鼠洞口，拿潮湿的柴，点燃后大量的浓烟灌进老鼠口。没多久，那些被熏得晕头转向的老鼠抱头鼠窜，逃出洞，在地上滚蛋蛋，吱吱叫唤。此刻，我也像熏晕的老鼠那样，眼睛前头飘着黄花花——书面用语是眼冒金星。

终于看见那道传说中的大陡坡，火车怒吼着，吭哧吭哧，往天上爬一般。女孩们纷纷拾起带来的东西，往外扔。一个细小的女孩一翻身挂在车厢外面，脚慢慢划拉几下，一撒手，稳稳跳到铁道边的草地上。然后，几个女孩接二连三飞身离开车厢，嗖嗖嗖跳到路边，动作娴熟，又准又稳。

我怕极了，全身抖成一团。最后一个要跳车的女孩说，你这样子，不能跳。坐着吧，再过一会儿，就到了县城，火车会停的。要赶紧下，不然又走了。说完，她一纵身挂在车厢外，飘飘悠悠，脚尖慢慢划拨空气，嗖一下飞出去，树叶一样飘落在路边草窠里。

她们慢慢往回走，捡起散落的筶帚、簸箕和牛毛口袋。我只知道路边的炭灰扫起来被装进口袋，不知道她们怎么扒火车运回去。那么小的女孩，牛毛口袋又那么笨重。

火车爬上陡坡，转过大转弯，声音小了一些，速度加快。女孩们的身影都不见了。我紧张地咽下几粒尘土，嗓子要冒烟的样子。脸上摸一下，手掌黑乎乎的，像刚从煤窑里钻出来。能看见县城了，再也没有隧道要钻。我深呼了一口气，吐故纳新，觉得回到了日常的光阴。

那时候，十来岁，等着长大——早知道长大后的生活一团糟，就不那么迫切了。

至少，我在很小的时候，就急切地渴望长大——以为长大后的生活里有一堆金子等我捡，有一条鲜花大道留给我走。

我总是在某个时刻，或者是梦里，忆起过往的生活。是的，只是一些选择性的记忆，碎片地，残缺地，跳出来，给我想起。能想起来的这些片段背后，是意味深长的模糊的大量的空白。那些空白时光去哪里了呢？那么陌生。虽然是我曾经的时光，虽然和能想起来的碎片一样，是我生命里扎扎实实的一部分。可是它们无迹可寻，雾气一般弥散在时空里，不可触摸，被我疏忽遗失。

所有的往事都不会重生，只能像树叶一样落下去，慢慢瓦解，在时空里支离破碎，变成尘埃，如梦亦如幻。然而人生就是往事构成的呀，今天的生活何尝不是明天的过去呢？有些往事可以遗忘，有些真的不能。

那时候也就四五岁，住在一个叫萱麻河的小村庄。每隔一段时间，奶奶就把我送到山外。从家里出来时，我穿着一身破破烂烂的衣裳，露着脚指头的旧鞋子。奶奶太忙了，没工夫打扮我。家里还有好几个小孩，弟弟、表哥、表姐、尕姑姑，整天吵吵闹闹，奶奶烦死了。

奶奶牵着我，站在大路边等出山的顺车。赶毛驴车的邻居把我捎到了公社。我坐在毛驴车上，山路坑坑洼洼，颠簸得脑壳疼，骨头要散架。像个小叫花子一样，我坐在公社的大门边，看着来来往往的人等妈妈。

有时候我妈妈不在，下乡去了，我就会被她的同事抱到附近的人家里，吃吃喝喝，玩几天等妈妈。有时候妈妈恰好在公社，简直令人惊喜。妈妈抱着我，去供销社扯布。路上遇见熟人，都摸我的红脸蛋，说，黄毛丫头又来啦。我妈笑笑，可不，又给捎来了。

那一年，我还记得，妈妈扯布，给我做衣裳，红花花的大襟衫衫，绿格子布裤子，自己觉得特别美气。妈妈下乡去了，留下我。我穿着一身新衣服，在空荡荡的公社院子里乱逛。没有玩伴，有点寂寥。

公社后院是半人高的荒草地——臭蒿子、芨芨草、猪耳朵草、灰条草、菟丝子、鼠尾草、大蓟、刺蓬，还有叫不出名字的杂草。我走进去，连头顶都不见。浓密的荒草里搁着一台橘红色的拖拉机，也许废了，反正我从没见过它动弹。我一次次走进荒草，又返回。

没有人来，大院子空荡荡的。我跑了几圈，一如既往地寂寥，一只狗都遇不上。礼堂门口的柱子很粗，我抱着柱子看天，天上也空荡荡的，空得让小小的丫头儿害怕——云哪儿去了？没有云，神仙走路踩什么呢？

跑到大门口，铁栅栏大门锁着。我摇了几下铁栏杆，锁链子发出喤啷喤啷的声音。有个小男孩赶着羊路过，和我说句什么，但没有停下脚步。我对大门外的街道一无所知。

日子那么漫长，让一个小孩子独自玩一天，可真够呛。于是，我急切地渴望长大，可以走出院子去找妈妈，可以在大门外的街道上闲逛，和遇见的人聊天。

午后的阳光，晒得人昏昏欲睡。我坐在礼堂门口的木头门槛上，打了一会盹儿。奇迹还是没有发生，一个人都没有进来。爬上食堂的窗子，玻璃缺了一角，伸手进去，摸出来一瓶墨水，塞进裤兜里。再拔出来一把筷子，也据为己有。

终于发现灶房后有一处坡坡，又陡又长，可以溜。爬上去，溜下来，乐此不疲玩了一下午。

傍晚，妈妈下乡归来，看到小土匪一样的女儿坐在公社大门口等她：土眉沙眼窝，小辫子乱散，新衣裳皱巴巴的，怀里抱着剩下的几根筷子，墨水洒了一裤腿，新裤子已经面目全非……

大家看见我，都哈哈大笑，说乡里野丫头——他们笑得几乎要腿肚子抽筋。我妈妈大概气疯了，把我拎到屋檐下，揍一顿。叫你不听话。我记得那天很热，也许是夏天，也许是秋天。我不知道。我坐在荒草里哭泣，觉得自己应该尽快长大，长大就不会经常挨打。

那时候多么小，总以为长大后就能抵御所有的冷风凉雨。

　　我妈没有去大灶吃饭，她点燃煤油炉，给我做西红柿面片。四五岁的我第一次遇见西红柿，偷偷撕下一块，塞进嘴里尝尝，一种悠长的味道，有点酸，有点甜，多么陌生的气息。家里人多，爷爷奶奶、叔叔姑姑、表姐弟弟，十几口子人，根本吃不到白面，我们顿顿吃青稞炒面拌土豆，吃得面黄肌瘦。

　　白白的面片在锅里翻滚，西红柿切丁，芫荽撕碎，都丢进锅里，和面片一起沸腾。我蹲在煤油炉边，仔细看锅里红白绿分明的颜色，简直呆住了。这样好的东西，竟然拿来吃掉。

　　记得那天阳光特别好，我坐在门槛上吃饭，第一次知道了世界上有一种蔬菜叫西红柿。我敢保证，我们村的小孩子根本没有见过它，深山里种不出西红柿。有人喊我的绰号，左宁根，左宁根。我妈妈说，乡里野丫头，过几天就送回去，烦死人。

　　我独自在荒草里玩，跪着，躺着，打滚儿，不知道爱惜自己的新衣裳。尽管挨了打。我掐了好多粉红色的打碗花，插在废弃的拖拉机上，有小孔的地方都插进去。在一大丛臭蒿跟前发现了一只雏鸟，蠕蠕地动，全身都没有毛。它微弱地叫着，长着没褪毛的黄嘴巴。我把它捉走，搁在我们房间的窗台上，它一下一下扑腾着，努力睁大眼睛，但是掉下窗台摔死了。荒草里还有刺猬，伸出粉红色的尖嘴巴，一探一探，在草窠里贼头鼠脑。

　　我对自己在妈妈身边的生活很满意，吃得好，睡得舒服。虽然没有小伙伴，但是也很开心，自己跟自己玩。我根本不想回到萱麻河，也不想念奶奶。我一次次跟妈妈说，我不回去，就是不去。

　　我的外爷爷来了一趟，又急着走了，家里很忙。妈妈给她的同事讲一件她认为惊险的事情。我玩一些泥巴，听着这个对我没有任何意义的事情，我不知道哪里惊险了。惊险对四五岁的小孩毫无用处，只是一个词语。

是清晨，对，黎明那会儿，房间门开着。我妈妈说，门只开着一道缝儿，钥匙啦什么的就搁在门口的桌子上，一伸手就可以拿到。爹已经醒了，他坐在床沿上，吃烟。梅娃子还睡着，这野丫头瞌睡重，多大的声音都惊不醒。

妈妈接着说，我在荒草那儿找了一些干柴，打算生火，爹清早要喝茶的。往回走的时候，我把院子里看了个遍，一个人都没有起来，太早了。院子里黑漆漆的，天还没有亮嘛。煤炭房的窗子玻璃打碎了，那个窗口一个黑窟窿，瘆人得很，让我害怕，就加快了脚步。

妈妈后来回忆说，先是一阵脚步声，很急促，然后消失了。谁起这么早呢？正寻思着，一抬头，老天，有个人影蹴在我房间门口。门口开了一道缝，灯光漏出来，那个人影就立在门缝里，正往屋子里瞅。此时对面的灶房里有人拉亮了灯，有说话声，好像铲煤的声音，哐啷哐啷。我紧走了几步，那个人影仍然一动不动嵌在门缝里，是个男人，看起来又笨又大。

门缝稍微被推了一下，灯光漏出来更多，我甚至看见爹在床沿上的摇来摇去的影子——爹不喜欢静悄悄坐着，他爱摇晃身子。门缝又开大了一些，那个男人似乎抬起脚，要进门。我也吓坏了，一着急，捡起一块砖头砸过去，大声喊着，爹，有贼，快打！

砖头嗵一声砸在那人身上，爹一连咳嗽了几声，那个人影并不慌张，回头看了我一眼，缩回刚要进门的脚，转身慢慢绕到后院去了。

我大声喊着灶房里的人，有人拎着铁铲子出来，那个人影才加快了脚步，晃了几下不见了。我们追过去，后院里静悄悄的，黑咕隆咚啥也看不见。大家都没再敢追，怕贼藏在荒草里。我大声喊着同事们起床捉贼，虚张声势，心里很怕呀。

爹慢吞吞地走出屋门，拎着顶门的木棍，东张西望，把身后的门关上。他告诫我说，但凡夜里有贼，不可立刻迎上去。强贼怕弱主，听到动静，先咳嗽，穿鞋子，敲打出一些动静来，给贼留下逃走的时间。倘若急急扑上去，贼急了会豁命，那样就要吃亏。爹说贼惊动走最好，不要正面冲突，因为贼有备而来，而你没有防备……

这个惊险的事情，妈妈在后来的岁月里讲了无数遍，我都可以背下来。对她来说，简直是人生的一次历险。

外爷爷回去了，搭乘一辆拉木头的拖拉机。要是走回去的话，要走一整天。是妈妈告诉我的——她本来打算顺便我把捎走，还给我奶奶，但拖拉机不顺路。

夜里睡觉时，她关好窗子，闩了窗子插销，锁好门，还要顶上一根木头杠子。我踮起脚，刚好够着门把手，拉一拉，很结实。妈妈甚至在床头边竖一根木棍，作为打贼利器。

对于四五岁的小孩，关窗锁门这样的小事似乎毫无用处，也不会有记忆。然而事实并非如此。恰恰相反，我的记忆里清晰地记着闩窗子插销锁门的习惯。长大后，这个习惯一直顺延不变。即便到了现在，每晚睡前，我都要看一遍窗子，闩窗子插销，锁好门。就差一根顶门杠子了。而且我常常做一种梦，梦见我沙漠里的那个家，都是夜晚，庄门总是没有锁好，贼破门而入，我拎着杠子打贼。这样的梦做了很多年，大概跟我没有安全感的生活有千丝万缕的关系吧。

有个朋友，那时候她才开始写东西时，告诉我，好几次她清晨醒来，房门开着，外面的风吹来吹去——房门开了一夜，她忘了锁好。我惊叹世界上竟然有如此粗心大意的人。于是我想，她不会成为作家，因为作家需要一些敏感的神经，需要生活的细节。一个人粗疏到这样的地步，无论如何都难以驾驭文字。

果然，她写了三四年后，放弃了。她说文学里没有她的殿堂。可是我想，她连自己的小门小户都看护不好，还奢望什么殿堂。

去年某一回，路过那个小镇，走到曾经的公社大院，找找我童年的印痕。院子比我印象中的小多了，那道我记忆里气派的斜坡，也很低矮，根本没有那么宽阔陡峭。礼堂已经拆了，起了一座小楼，也没数是几层。我觉得空旷无比的后院，荒草淹没我头顶的后院，都盖了房子，拥挤而逼仄。荒草去哪儿了呢？我的童年去哪儿了呢？

我在那条狭促的街道上慢慢溜达，除了几家店铺之外，路边是农民的房子、羊圈、牛棚和杂物屋子。敞开的屋门里，有人坐在沙发上看电视，驼背的老妇人弯着腰在院子里喂鸡。一户人家的墙上爬满了啤酒花。另一户人家的墙快要倒掉了。还有几家院子常年不住人，荒草爬满墙头，野鸟在屋檐下筑巢。我不知道这个小镇在我的生活里有没有意义，虽然我在童年时是镇子的过客。

无论多么遥远，过去的时光会留下一些残迹，像舅爷爷家的廊檐一样，那些幽暗而幽微的昏暗，被阳光吸饱后吐出来，留在记忆里，根本不能剔除。我不知道这个小镇上生活着什么人，除了农民，也可能有牲口贩子、木匠和裁缝。很久之前可能有磨坊主，还有铁路工人。我肯定在路边的谁家里住过，来来去去的那几年，我妈妈总是不在公社大院。

我只记得有那么一户人家是裁缝，我在她家里住了好几天，模模糊糊的一些细节，裁缝捏着软尺给人量衣服。她似乎有点胖，和我妈妈是朋友。家里好几个小孩，挤来挤去。屋子几乎不是很宽敞，墙上挂着彩色的网兜。仅有这么一点印象了。

我在小镇上闲逛的时候，是深秋，太阳温吞吞的，不热。我穿着阔腿裤，裤子太长了，拖在地面。我想起小时候妈妈缝的那条绿格子布裤子。只想了一下，便不想再想。又想了一下那扇打开的窗户，凉风一阵一阵吹进屋子。还有窗下的插销。

坐在路边一个酿皮摊上，我要了一碗蒸酿皮，醋多多的。不知道为啥，我突然对摊主说，很久之前，这儿有个公社大院，我小时候常常来住一段时间。

摊主是个五十多岁的老妇人，脸上的褶子一道挤着一道，皮肤粗糙。她抬起眼皮看了我一眼，回答说，知道，我们的老房子就靠着公社大院的后墙，后院里扔着一辆报废的拖拉机。橘黄色的。

不对，是橘红色的。我说。

一个破拖拉机，颜色有什么要紧，后来被太阳晒得褪了色，都看不出什么颜色了。还有好几个草垛，一个马厩，里面拴着好几匹马，干部们下乡是骑马去的。有几年，我爹还给公社喂马驮水呢。摊主说着，抓起一把切好的酿皮，搁在碗里，调醋调芥末，端到我面前。

我不记得有草垛，也不记得有马厩，也不记得我妈妈骑马下乡，驮水也没有印象。我倒是记得有好几次，妈妈下乡带着我，是搭乘的大卡车，我们坐在车厢里，晕得天翻地覆。也想起来那道斜坡，天天溜坡坡，把新裤子溜破。

我记得那些荒草，我对那只没有毛的雏鸟说话，先是大声说，等它掉下去摔死后，就转头去给刺猬说。说什么呢？怎么会记得呢。我记得我坐在门槛上，翻看绘本《金瓜儿银豆儿》和《黄风怪》，我妈妈去凉州城时买来的。那是我人生的启蒙教材。

黄风怪太令人厌恶了，我把那本书丢在地上，一顿乱踩，踩死了黄风怪。我妈妈回来后，一顿打，那本书被我踩成破索索。

无论如何，我妈妈都不会想到我长大后成为作家。这件事简直不可思议。然而世界上的事情总是难以捉摸，我成为作家后，见到了《金瓜儿银豆儿》的作者赵燕翼老先生。文学的缘分，是从我四五岁就开始了。人的成长是精神世界的成长，对我而言，文学是其中最重要的一部分。

我记得我在空旷的院子里奔跑，脚上穿着布鞋。我爬到礼堂的窗台上，一次次跳下去，又一次次翻上去。我在荒草里跑，在灶房门前的砂石路上跑，一边跑，一边等妈妈。还有许多老鼠，在荒草里乱窜。有人居住的地方，老鼠无处不在，荒草无处不在，寂寥无处不在。

这些我都记得，连一堆废砖头和破拖拉机都记得。唯独不记得有马厩，有草垛。也许是卖酿皮的摊主记错了。或许她的记忆根本没有我的记忆确切。

我对摊主说，你记错了，公社大院里根本就没有草垛和马厩。如果有，我真的会有一点印象。后院空荡荡的，除了拖拉机，就是荒草。

但是老妇人说，公社院子里有电灯，每晚，人们都趴在后墙上，看那些灯光，橘黄色的灯光，从窗口透出来，非常美好。妇人说，我们家里没有煤油，几乎不点灯，所有的屋子都黑漆漆的瘆人。那时候，我希望长大后有一盏自己的灯泡，可以坐在灯光下。她还说，公社的干部们有煤油炉，她们就在那个小小的炉子上煮饭，我们趴在墙头上看得清清楚楚。

我觉得内心有一种东西轻微颤抖了一下。想起那句话，愿你下雨有伞，天黑有一盏灯陪着。

我吃酿皮的时候，老妇人仔细盯着我看了好一阵。半晌，又说，呃，我知道你是谁的女儿。你和你妈妈长得真是很像。你老家是萱麻河的。

老妇人的语气有些不自在，一些闪烁其词在她脸上冒出又隐去。我当然知道原因是什么。

那你可说对了，我回答她，我妈妈是计划生育专干——她是个工作狂……其实，我长得和她并不像，只是我们说话的口音很近似。

我看着长得倒是很像，神态也像。摊主说着笑笑，收了钱，找给我零头。她的膝盖上套着加厚护膝，她往上拉了一下。她的背有些驼，坐不直。酿皮摊后面是个水坑，积攒了雨水。老妇人的影子倒映在浑浊的水里，模糊而遥远，像一种悠长的记忆。

红尘多少事，就那样。想也行，不想也无妨。我和妈妈长得像也好，不像也没关系。我记得她抱起我，去供销社扯花布。我岔开小短腿，箍住她的腰，胳膊箍住她的脖子，亲她的脸，我那么爱她。

可是现在，我做梦也梦不见她。我不能怀疑我是抱来的小孩，肯定是妈妈生出来的，因为这个陌生的老妇人一眼就能认出来。

我想起妈妈给少女的我梳辫子，她观察我胸前，两个小小的乳房才开始发育，一对核桃般的青涩。她说，要戴胸罩了，把它们隐藏起来——直到你长大，遇见一个温暖如太阳般的，眼神明净，挺拔有力，能保护你一辈子，给你安全感的男人。

这也太难了。可是那时候我不知道未来有多不容易，以为简直是一定的。

那时候，我在沙漠里的小村庄，读初一，长发及腰。学校背后是古长城，远处是一片沙枣林。好多个黄昏，我坐在古城墙上背课文，一些柔软的苔藓藏在古城墙的阴影里，墨绿的，浅黄的，紧紧贴在墙皮上。天色柔和澄澈。

这一切，显然很遥远了。如果想起就想起，如果忘记就忘记。像一场雨，落在光阴里，留下一群深深浅浅的窝儿。每个人的生命里，都积攒着这样雨后的印记。

可是那些往事，无论是惊骇世俗还是平庸琐碎，无论你庄重肃穆地想起还是宁静淡然地忘记，它们都毫发无损，偶尔复活苏醒，在你的梦里、记忆里，欢愉地重现一下，然后迅速消失。

我并不知道为什么总是想起一些流逝的碎片时光，过往之物出现在记忆里总是隐晦不明，甚至并不是愉悦的，或者是有用的。然而，我不能不想。我似乎在追求一种平直，或者说平庸的理想。到了这个年龄，就会拒绝那种既苦又甜，既蚀骨噬心，又急遽扑来的激情。说到底，是想得到一种寂静的光阴，那种空旷得寥寥无几的安静。

伍尔夫说，女人要有一间自己的小屋，有一笔自由支配的薪水，才能有读书、喝茶、写作的自由。这也很难。大约，我那些滔滔不绝的往事，一次次往返于记忆，促使我变成有讲述欲望的客体，就是为了达到这个又简单又奢侈的理想。生活有多么贫瘠，记忆就有多么阔绰。尽管不一定真是这样。我想，我是被生活进攻之后，反过来占领了生活。那些往事，肯定是我的千军万马。

葱岭沟的雪

葱岭沟的雪，比起乌鞘岭的茫茫大雪来，有点小家碧玉的含蓄和小气。我早已经习惯了乌鞘岭的雪。那种雪，苍茫，铺天盖地，一口气能吞下天地。我喜欢那样的磅礴，有些野气，像我小时候的脾气。

一直看不上葱岭沟的雪，总觉得吞吞吐吐的，欲落未落的，不是我想要的天地素白的飒然意境。我要的雪，是"千山鸟飞绝，万径人踪灭"的那种大写意，大手笔。住在镇子上的那些年，乌鞘岭很合我心意，年年都给我送来一场又一场凛冽的大雪，让我赏得尽心尽意。

葱岭沟，没有那样酣畅的大雪了，心里不免怅然。

一个心情淡然的雪天里，独自坐在窗前，喝一杯菊花茶。耳畔是佛音《心经》。那清凉的音律像落叶，一片一片往心里飘，直飘得心里清澈安静起来。

窗外看，却下雪了，不知道什么时候开始下的。雪不是雪花，是雪粒，稀疏地，簌簌地，打落在窗上。这样的雪，没有苍茫和气势。只有一点点的诗意，飒飒地叩。不经看，几乎没什么看头，那么小，那么碎，那么柔弱无力。

但是，小雪敲窗，到底也是一种清雅的意境。敲啊敲啊，一直提醒着我，它是雪，在下着。小扣柴扉久不开，到底开不开呢？

开吧。那就打开心扉听雪吧，这是葱岭沟的雪，细小的，寂寞的雪。

天色暗下来了，那雪，就直接敲到思绪里去了。扑簌簌的，仙风道骨的，又像敲打在内心深处。

少了盛大，雪就有点谦虚了，有点贴心贴意了。听，它们在悄悄地落，不想惊扰一粒鸟啼，却不忘了来敲敲我的窗、我的心。它们一定知道，我有些淡然了，独自凝眉久无语。

听着，似乎也喜欢起来了。这样的雪，有点孤芳自赏，有点谦逊，有点迷离。

干净，毫无烟尘之气。在天地的寂然无声里，它独自路过。

它要到哪里去啊？它是否有点忧伤和惆怅啊？都没有，它是隐士，内心安静，要去一个我不知道的境界。它只是路过我的窗，只是来看看我。它轻轻地敲敲玻璃，来陪衬我的淡然。

闭上眼。时空慢慢透明起来。这样的雪，是有颜色的，淡青色，是一缕茶烟透碧纱的曼妙和轻柔。

去年，去看桃花。去得迟了，满山的桃花正在落，一瓣一瓣，在斜斜地坠落。每落去一瓣，我心里倏然一疼。风来的时候，那花瓣雨就飞啊，翻卷啊，坠落啊。那是一种惊艳，是触目惊心的美啊。

花瓣雨纷纷坠地，心也疼，有些猝不及防的惋惜。瓣瓣红晕，那么美的精灵，说落下，就落下了。枝头凋零，残留着满枝的疲惫。我站在树下，想起黛玉，想起一个女子最馥郁的伤感。

沉默良久，心里升腾起一种洞悉人生的悲伤来。我脱去满身的落花，脱去仆仆风尘的残香，离开树林。山谷里硕大的静啊，走着，突然泪流满面。

这窗外的雪，也是，落着落着，让人忍不住怜惜起来。淡青的雪，也弥漫起香气来。淡淡的，让人有一种无法抵抗的缠绵悱恻来。这样朴素的暗香，枝枝蔓蔓地缠绕，酽酽地浸透了我内心的海角天涯，浸得没有一丝烟火气息了。透明，安然，拈花嚼蕊。没有了人间的疲倦的味道。

窗外的山，在雪里模糊起来，是水墨山水里的似曾相识。有些孤色，有些冷寂，有些拒绝。不要惊扰，不要喜悦。只是独自苍茫，独自朦胧，独自寂静。仿佛沉淀了世上所有的声音。这样的意境，像往事，有些微微地泛黄。

相看好处却无言。这样清美的苍茫意境，文字已经无法表达透了。你只能感受到一种宿命的东西。在尘世中仓惶地辗转经年，早已看透了命运的千回百转，清冷粗粝。也洞悉了生活这东西，不过是风吹流沙的懊恼而已。偶尔吹出一块字迹尚未模糊的石碑来，算是生命的真谛了。

若问生涯原是梦，除梦里，没人知。纳兰这个人，最是不食人间烟火的。就这么凄美地告诉你，最冷的意境不是雪。一个人的心灵世界里，涌动着万古不竭的沧海水。那水里，载着说也说不清的温柔。那水之上，还有巫山云。

这雪，就落呀，落呀。慢慢地，竟然也稠密起来了，弥漫起来了。天地都裹在雪里，我坐在窗前，像这茫茫雪里的一只孤舟。梵音经卷，还在唱。心经。心，生命之本。经者路也。心经，心路也。清净本然，心明觉圆，没有世俗的浊气了。

一杯茶，热气慢慢绽开，像一朵洁白的莲，一瓣一瓣拆开，升腾着，盛开在杯口。而窗外的雪，也在天地之间，盛开成一朵巨大的莲，清幽，飘零。飘零的花，却到底是孤寂的，让人怜惜的。谁道飘零不可怜。其实，这世上所有的清雅之美，都是拒绝热闹的，要的就是这份流光里的孤独傲然。

凉州大马。

古凉州最好的马，叫天马。天马是走马，走对侧步，不走交叉步。高臀，硕蹄，细腿尖耳，粗鼻孔。鼻孔大，吞吐量大，体健善跑，耐力好。凉州出土的天马，昂首嘶鸣，看一眼，乖乖，好大的气势。这种漂亮的好马，历史上叫凉州大马，现在河西走廊有，青海有。

实际上，古时候很长一段岁月，整个河西，青海的部分地区，都是属于凉州的，所以叫大凉州。青海和凉州，常来常往。青海花儿《下马关令》里这么唱：

好马上备的是好鞍子，鞍子上骑的是人梢子。祁连山来胭脂山，牧民占下的好草山。甘州不干者水滩滩，凉州不凉者米粮川。肃州的坳子嘉峪关，西宁的坳子是燕麦川。

可见当时青海和凉州不分彼此。人们从青海到凉州，骑马就来了，串门一样。老话说，凉州大马，横行天下。这大马，包括青海的菊花骢大马。

古时候它们是战马，眼神冽，细腿子有劲儿，气势浩大。走马临阵无敌，一声嘶鸣，如猛虎下山，霸气啊。走马多是紫红色，腕蹄高，宽大，一蹄子能刨掉战车。铁尾，一尾巴能掀翻人。马蹄大而硕圆。蹄腕里一撮老毛，走路又快又稳。它的鬃毛极长极硬，若是不辫吉祥扣，能拖在地上。那时候阔人家的马夫，最耗时的活儿就是在河里给走马洗刷了鬃毛，慢慢辫成吉祥扣，打理清爽。至于戎马和驿马，直接剪短鬃毛就行了，没工夫啰哩巴嗦地伺候。走马的胸廓很发达，吃着鲜美的牧草不说，还要吃料。料就是豌豆。走马性子野，喜欢在山野里撒欢乱窜，腿筋拔得开，蹄腕灵活有力，走起来轻捷平稳，是很好的驿马。

山丹军马场的天马，有走马，也有跑马。风驰电掣，像紫色的白色的青黑色的闪电一闪而过。古时候金贵得要命。此种马是从西域大宛国来的，白的一身纯白，毛色清冽。紫红的透着贵族的气质，青黑的毛色厚实，针毛闪着亮光。它们的耳朵很小，竖起来，眼睛却出奇地大，腿子细长，马蹄尖细玲珑。这种马是西域野马的后代，性子烈，立鬃长尾，只认主人，陌生人不能近前，很警惕。上战场即便败了，对手也很难调服使役，一有机会就挣脱笼头，跑回自家地盘了。它们喜欢吃苜蓿草，在夜里也能识途，翻山越岭也不迷路。

青海的天马叫菊花骢。骢，意思是青白色的马。高大，健壮，俊美。毛色青白，脊背和前胸有着圈纹，一朵一朵，针毛张开，像极了盛开的菊花，层层叠叠，好看得要命。此马通人性，能护主人。十里外能闻见陌生人的气味，一蹄子能踢死一匹肥狼，连狈也能踢飞。菊花骢通体都是一种霸气威严的大气场，眼神肃杀冷峻，走对侧步。

人生最得意的事情，莫过于打马飞驰，一路踏花。春风得意马蹄疾啊！今天所有的徒步跋涉，就是为了在未来的光阴里遇见骑马的自己。

青海有一首很好听的《尕马令》，是这么唱的：

墙上开花者碟子大，地下的骨朵儿碗大。维下个花儿者兴头大，半上午没喝个早茶。哎呦呦……阿哥是阳山的枣骝马，尕妹是阴山的骒马，白日里草滩上一处儿耍，晚夕里一槽儿卧下。哎呦呦……

最早的菊花骢，据说是吐谷浑人的坐骑。《隋书》说：吐谷浑有青海，中有小山。其俗至动辄方牝马与其上，言其龙种。尝得波斯草马放入海，因生骢驹，日行千里，故世称青海驹。

据说，唐朝有一种舞马，就是从青海进贡的。马体柔和，闻乐起舞，舞姿蹁跹，眼神妩媚。马能舞蹈，本身就很妖孽了。到后来，被看作是亡国之兆，灭绝了。

也有记载说最早是羌人驯化降伏了野马。驯服的马，都被戴了笼头，还有嚼子，我们河西叫岔子。一根皮条或者是铁链子，卡在马的牙齿里，大概位置在切齿与臼齿之间的空隙。这是马的软肋，牵动缰绳，嚼子刺痛马嘴，很疼，疼得它掉眼泪，只好被驯服了。

我总是觉得，不是人类降伏了马，人没那么强大。而恰恰是因为马的悲悯之心，多情之心。古人说，不俗即仙骨，多情乃佛心。比起马来，人长得弱小，欲望又那么庞大。马所求的，无非是水草丰美，自由自在，它连肉都不吃。而人呢，饿了要吃粮食，吃了粮食要吃肉食。天上飞的，地下跑的，张大嘴巴狂吃。还要有高楼大厦，还要有金银绸缎……无穷无尽的欲望，没有界限的贪婪，靠着人单薄的身体来完成，又苦又累。马看着人可怜，这些驾驭不住自己心的生物，决定帮人一把。

我见过一匹发怒的青马。它驾着辕，拉着一辆木头车子，正上坡，速度也不慢，却挨了几鞭子。那人歹毒，鞭子是牛皮条里裹挟了细铁丝，抽在马背，一鞭子一条血路。这匹大青马被激怒了，它暴躁起来，腾空而起，几蹄子踢碎了架子车，挣脱了身上的枷锁，嘶鸣着，带着鞭痕绝尘而去。那一刻，惊心动魄，架子车像纸片纷飞，那个折磨马的人，早叽里咕噜滚到路边坡下去了。

马也会哭。懒人家，冬天没有好黄草，草铡得也粗糙，咽不下去。又没有豌豆加料，特别累，天天干活。到了春乏关，接着拉车耕田，连一口麸皮也不得。它疲惫地拉着车，一边走一边淌眼泪。背上挨了一鞭子，清眼泪水一般地流。人们最大的感恩，说下辈子做牛做马来报答。可见，做马本身就蕴含着回报之情。我爹说，所有的牛马都是来报恩的，善心肠。

有时候，一匹马也是很孤独的，它眼神清澈宁静地看着你，把脑袋靠近你。在它看来，你不是主人，是朋友，是给它温暖的朋友。更多的是，人并不了解马的思想，除了奴役，再无柔和。于是，马一直孤独着。

马鞍子。

好马配个好鞍子，俊女子嫁个人梢子。这话经常挂在谁的嘴上？不是骑手，也不是开鞍鞯铺子的，是媒婆。媒婆有点老了，走不动路，就骑个毛驴。没有鞍子，就在毛驴背上搭一条牛毛褐子，骑在毛褐子上一颠一簸赶路。

你想，鞍子很贵啊，毛驴、骡子、黄牛，就都算了吧，留给马好了。那时候，我家想养一匹马，爹感叹一声说，马能买起，鞍子置不起呢。于是，买了一匹栗色骒子，一样拉车犁地打场，还不用鞍子，就是脾气偏点儿，动不动尥蹶子。

让一匹骏马来干农活，多少大材小用了，马会感到憋屈的。尤其是打场，那么漂亮的红鬃烈马，套了石头碌碡，一圈一圈转磨磨，多郁闷呢，简直怀才不遇啊。烈马嘛，要驰骋，要在大草原上鬃毛烈烈飞驰而过，骑手都是俊朗挺拔的人梢子，那才叫痛快洒脱。窝在田地里拉犁铧，绕在打麦场上拉碌碡，算什么事儿呀。

古时候不好的马，叫驽马。这样的马，就是跑不快的马，有点懒的马，累垮了的马，生病的马，都叫驽马。它们身份不高贵，用来驮茶叶垛子走茶马古道，也用来拉车耕田被奴役着。但在我们河西，没有驽马的说法，马只分两种，跑马，走马。

去岔口驿串门，眼热人家的好马，气宇昂扬的，想摸一摸。可是主人却说，你看，这套鞍鞯才是最好的呀。鞍是鞍子，也叫鞍桥，长得像桥。鞯是托鞍的垫子。一套华贵的鞍鞯，是半匹马的价钱。鞍辔、鞯汗、鞯勒、鞍鞴，都是好匠人好材料精工雕琢的。还有马嚼子也是马鞍必须配置的。

最初的马嚼子，是坚韧的皮革。后来，变成是铜铁的链子，和缰绳有牵连，牵扯进马嘴巴里。驾驭马，骑手根据自己的心思来控制马行进的速度。因为马有野心，不喜欢被人驱使，有了马嚼子，它会驯服一些。成语有分道扬镳，镳，就是马嚼子，两条缰绳和镳相连，各走各的道。

好马鞍，不用铁骨架，就是用整块的桦树根雕琢打磨而成。用铁骨架，一来重，二来磨伤马背，让马焦躁不安。根雕的木头马鞍，打磨得光滑柔和，有韧性。前鞍头高，后鞍头低，鞍头大，鞍桥宽，轻而舒适。鞯是揉好的硝牛皮，柔软透气。鞍座是七彩的羊毛氆氇毯。黄铜马镫，细嚼子。羊毛毡上镶了氆氇包边的汗鞯，牛皮的肚带，羊皮制成的马鞭。笼头是软皮条挽的，连缰绳也是羊毛编织的，甭提多么豪华排场了。有的人家，还有马褐，牛毛编织的护衣，天冷了给马御寒。

你想，紫骝马上配上这样好的马鞍子，如果骑马的小伙子俊朗挺拔，不是人梢子是谁呢？姑娘们看一眼都心里喜欢得放不下了。吾乡人卖马，价钱都不说出来，袖里吞金，在袖子里捏指头。袖子窄了，不好捏，就撩起衣襟，躲在衣襟底下捏指头讨价还价。口袋里卖猫，隐秘而奇特，一句话也不能说出来，不动声色看着对方的眼睛。

旧时，河西一路都是车马店，门口有拴马桩、马槽。我刚到镇子上时，还有一家车马店，招牌上写着：道道店。正门很小，后院却有一个很大的门，供车马进出。

没有鞍子的人家，出门就在马背上搭一条毛毡或者褥子，骑马出门。据考证，最早的匈奴人也没有鞍子，他们用软牛皮裹在马背上当鞍子，或者搭一张羊皮。

凉州出土的马鞍子，是汉朝末年的彩绘木雕马鞍。雷台出土的青铜马，马背上没有马鞍子。没有鞍子，不是说明那个朝代不具备马鞍子，应该是有的。只不过，天马是烈马、神马，铸造的时候不备鞍子，是象征一种腾飞的自由和野性，不被束缚的豪气。一旦有了笼头和鞍子，就是一种驯服和低头，而不是天马行空的豪迈气势。现实和艺术，总是有点距离的。

马镫。

其实，马镫这家伙是挺重要的，不信啊？

马镫踩脚的叫镫环，古时候是木头雕刻的，后来换了铜铁的。也有木头骨架，黄铜包边的。悬挂在马肚子两侧的，叫镫穿。整个马镫，牢牢系在马鞍上，不可疏忽大意。系的带子是柔韧的牛皮条。游牧民族更加重视马镫，最早是用绳索皮条编织的套环，当作马镫。

没有马镫骑马，那可就无飒爽英姿啦。马很野性，慢走一段路之后，就一溜烟小跑，然后狂奔。若不是马嚼子束缚一下，它连飞的心都有。你想啊，连个马镫都没有，马跑那么快，你的双脚悬空吊着，前不着村后不着店，随时有可能滚下去。只好双腿夹紧马肚子，抓紧马鞍子才能狼狈逃窜。这样的状态，若是两军对垒，打起仗来，前程恐怕很不美妙啊。

若是单单骑马去溜达，串门走亲戚，不需要马鞍和马镫也可，搭一条褥子，双腿勾住马肚子，就可以保持马背上身体的平衡。若是马太肥的话，而骑马的人腿子又短，就费力些，但不影响行走，好赖能驮着走村串巷。但是，在古代，马最重要的功用不是拿来消遣串门的，是打仗。厮打的时候没有马鞍和马镫，直接打不起来，马跑得快了士兵就会掉下来。不用人打，对方放出来一群狼直接狂撵，可以撵死一大群人马。

马鞍和马镫，是骑兵绝对的依靠。最好的马鞍是高桥马鞍，马鞍牢牢地固定骑手在马背上的位置，他可以随意转动身体而不掉下来。马镫让双脚牢牢地支撑，还能辅助驾驭，纵向横向的活动范围都伸缩自如。

汉朝得到大量宝马之后，兵士们只要在马上训练一段时间，就可以骑马作战，毫无生涩感觉。骠骑将军霍去病的人马，相当厉害，威武凶猛，就是骑兵很强大。

汉朝为什么老要和匈奴打仗呢？因为匈奴人剽悍，很轻易地降伏了野马、野牛，降伏了很多的小部落。但是他们降不住自己的心，总是想着汉朝的东西好啊，食物好啊，就忍不住犯边抢点儿东西。他们的马匹好，有鞍子，还应该有马镫。为什么呢？匈奴骑兵，善用一种兵器叫"经路"，是一种刀，主要靠速度取胜，很凶悍。致命的打击是靠砍劈进攻。这样一来，除了马鞍能稳定身体平衡之外，必须有马镫。没有马镫，无法完成这一整套动作。

秦始皇也打过匈奴，大将军蒙恬率领四十万大军，又筑城，又修长城，又移民，才把匈奴拒绝在长城以北。蒙恬的将士善用长戈。远距离持弩放箭，近距离长戈点刺，有战术，也有马车助阵，抵御对方的骑兵。秦朝的骑兵都是骑马冲击敌人，让匈奴阵脚大乱。马上追击敌人，追到跟前，跳下马作战。秦人的长槊实在厉害。下马先用长戈刺伤马腿。这样，匈奴人的兵器短，缺陷就来了，招架不住长戈。秦人高大强悍，有完美的布阵和战术，又因为体健善跑，箭射得非常好，所以匈奴才被撵走，也不容易。

匈奴和秦人交战时，马镫应该是绳索、牛皮绳、牛皮套这类东西做成的，软而晃荡，不稳定。长槊直接可刺伤马背上士兵的脚，打击很致命。马镫不能保护脚，所以匈奴也是被迫跳下马来厮打的。可是匈奴和汉朝交战时，作战能力强大了很多。来无踪，去无影，甚至可以骑在马上回头拉弓射击追击的秦人士兵。没有马镫，或者马镫不够稳当，回头射击这个动作是完不成的。

飞将军李广，骑术箭术，独步天下。他在马背上装死，追兵近了，突然翻身朝后一箭，紧接着又一箭，箭无虚发。没有马镫，他无法达到骑在马背跟平地上一样的轻松自在。

马鞍固定了纵向的稳定，在飞驰时可以向前方射箭。如果掉转身射击追兵，横向没有稳定的支撑，还是会掉下马。那么，马镫是肯定有的，而且不是绳索皮条的，它牢牢固定了横向的稳定，骑手方可从容射箭。由此可推断，匈奴的马镫做了改进，从软的马镫，改进到坚硬的木质或者铜铁的马镫了。

汉武帝坚毅勇猛，被匈奴骚扰得快要气死了。他憋了一口气，最初先派遣人从西域买马，不得。但是，得到了西域的好草——苜蓿。宝马必须要吃好草，一般的草它们不吃。匈奴的马匹在草原上，吃的是质地优良的牧草。中原大地，只长庄稼，没有好草场。但是苜蓿是可以种植的，宿根，今年种了，明天接着割，不用担心。一茬割了，又一茬长起来。苜蓿草有紫花和黄花，紫花苜蓿最好。吃了苜蓿草是完全不必要吃料的，马膘肥体壮，力气大耐力好。

汉武帝终于得到了宝贵的好马，他激动地吟了一曲《天马徕》，表达自己内心的狂喜。宝马有了，一切都会有的。汉朝有的是能工巧匠，马鞍、马镫自然会打造到了登峰造极的地步。于是，汉朝大名鼎鼎的将军，封为骠骑将军，此人便是霍去病。骠骑两个字很有深意。

骠骑将军对马嚼子也做了改进。马嚼子由两根铁杆的扣接，变成细链子，而且两侧加了耐磨且韧性好的皮条，贴在马腮上，这样不会因为长时间的驾驭而磨伤马嘴头。

因为马匹的繁衍，汉朝从秦人的组合车骑发展成单独骑兵，更加灵活，作为军队主体。卫青和霍去病都是老天派来的奇才，他们使用庞大的骑兵集团，除了打磨好马鞍，还给马鞍添加了鞯，就是托鞍的垫子。因为这张垫子，使得马背很舒适，不会磨损马背，不会使马匹疲劳。天马的耐力是无可比拟的，好的马鞍、马镫、马嚼，使得汉朝的骑兵声名显赫。

有了马鞍、马镫，骑兵仅仅用缰绳控制马匹就行了。训练良好的军马，直接听口令就可驰骋作战。骑兵的阵很重要，八卦阵啦、撒星阵啦、雁阵啦、钩阵啦……有助于集中冲击，打击力度很大。汉骑兵的防守也很厉害的。匈奴骑兵扑来，他们突然间散开，如星辰在夜空，密而不聚，使敌人扑空。等匈奴泄了攻气后撤时，散开的士兵倏然间聚拢过来，猛力扑击敌人，长矛直接砍马腿，屡战屡胜。这样的战术，凉州大马的功劳实在大。

除了马镫、马鞍，骑兵还有盔甲来保护自己，增强射箭能力。若是没有马镫，骑兵一只手牵引缰绳，一只手操作刀箭，重心不好控制，打仗就很难。而且若是对方使用长矛马槊，失败的概率太高。

汉朝的主力兵种由步兵转换为骑兵之后，开始大规模地出兵河西，霍去病和卫青开始发起对匈奴的进攻性战争。

据历史记载：元狩二年（公元前121年），汉武帝任命十九岁的霍去病为骠骑将军。于春、夏两次率兵出击河西的匈奴浑邪王、休屠王部，大胜。从此，汉朝控制了河西地区，打通了西域道路。匈奴忧伤地唱着歌谣迁徙而去："失我祁连山，使我六畜不蕃息；失我焉支山，使我嫁妇无颜色。"自此，出现"匈奴远遁，而漠南无王庭"的局面。

细读他们的征战，很显然，马鞍和马镫是细节决定了大局。因为有良好的配置，骠骑将军的骑兵体力充沛，夜袭匈奴右贤王的时候，骑兵悄无声息便接近了敌营，因为马鞍很舒适，马匹不会被磨损，所以长途奔跑不疲劳。因为马镫和马嚼配合默契，马匹听从指挥不乱阵脚。厮杀的时候，两头高的木制托架马鞍，保护了兵士的作战。

霍去病长驱直入，切断匈奴右臂，列四郡据两关，西接西域，汉王朝有了河西之地。河西古道，长路漫漫，成为后来的丝绸之路。西域诸国的使臣，粟特人的商队，西域的僧人，就从这条古道，走进东方古国。河西沿途驿站、窝铺车马店、商市、酒肆，逐渐热闹起来。

马镫现存出土的实物没有很早的。大概，最初的马镫是皮条木头的，所以很难保留下来。有些壁画上倒是有，也是很模糊的一个轮廓。

河西是古代的边关之地，随处可见千年的古长城。古凉州的大马，是汉唐时候的坚守，若无凉州大马，汉唐不知道要多辛苦。

西凉之野

西凉，风吹劲草

大风吹折黄草，一群羊，慌慌张张跑过荒野。羊和草，都一样，枯瘦枯瘦，没有一点水分，干干的模样。

一片密集的羊蹄子踩过河滩上的碎石头，大风吸走了声音，仿佛什么也听不到。那只黑胡子的头羊返身张望疾速的风向，目光好似镰刀，闪着锐利的光芒。它是不是要一镰一镰，割尽这沙尘的苍黄？

远处，一个骑马的人隐隐约约。更远处，沙漠肃穆。人影和沙漠的背景，是席卷而来的沙尘。还有一两声狗叫在黄尘里翻卷。

浑浊的风啊，灌满了大漠里的每一个旱獭洞。而洞里的旱獭们，裹紧了一身单薄的皮毛。一只老旱獭梳理脑门的几根毛，两只小旱獭簇拥着，在幽暗的光线里睁大了眼睛，窥视洞外的一线天光。

洞外，青石头上栖着打盹的昏鸦。

西凉荒野，大雪而来

低头片刻，一场大雪就簌簌落下来。

西凉古老的歌谣，被大雪覆盖。西凉古老的烽燧，也被大雪一点一点削秃。

穿着毡衣的牧羊人，独自在西凉之野，点燃一墩芨芨草取暖。火焰仿佛来自秦汉，那么遥远，那么疲惫。

而牧羊的老人，是西夏的士卒，正在风雪里敲开一粒一粒白色的雪花。他的鞭梢，掠过风的尾巴，直抵荒野的四蹄。

头羊的梦里，开出两朵矢车菊。一朵是紫色的，一朵是淡蓝的。

我在西凉旷野上凝视一场大雪下凡，我在大雪的间隙里舔舐满身的伤。一个人独自走着，独自疼着，独自隐忍着。

对光阴，已经无话可说。唯有忍着，把心头的刀，再隐匿，再隐匿。这把岁月的刀，深到极致，把我自己挤出来，只留下它的锋利和寒光。

被刀挤出来的我，只好在荒野流浪。我的脚下，一片残破的瓦，不是来自汉唐，也不是来自西夏，是西凉的光阴里，剥落的一粒尘屑，噗噜噜跌落。我听见这片破瓦跌落的瞬间，呻吟了一声。很轻，很疼。

还有比我更疼的事物……

我知道，这寒凉的西凉之野，应该有一座寺院，温暖我的孤独，接受我的拜谒。我听见佛音在缭绕，在我耳边远远传来。

我的内心和青石头一样坚硬，这冰凉的光阴，把我打磨成这样。

我要紧紧攥着内心石头上的温度，趁着一滴泪还未变成雪之前，推开寺院的木头门。吱呀一声，让我安静，涉入菩萨温暖的光芒。

西凉的大雪，在旷野里任其飘落。就算旷远的阳关三叠，也任其锈在漫天的风雪里……

季节在老，天也老

尽管老得很缓慢，但我确信，天也会变老。

人老，是风吹老的。脸上的皱纹是风雕刻的，头发变白也是风抽走了黑颜色。驼背，是风刮弯的。步履迟缓，是风牵绊的。连牙齿，也是一粒一粒被风撬走的。

心还不想老，那有什么用，风会把心里的激情都捏干。干干的，一点水分也没有，只剩下一把干骨头的沧桑。

老了也好，打发走累赘的光阴，只剩下安静的自己。删繁就简，喝茶，散步，读几行字，去山野里看花开。

季节也在老，节节败退。春天的花会败，秋天的叶会衰。季节，也是被风催老的。风真是凛冽啊，万物身上的颜色，都被风剥去。剥去还不罢休，还把一茬茬的生命都攥出光阴。

有时候，闲闲看天。总觉得，去年的天比今年的天要年轻一些，尽管变化细微。我也觉得，今年的落日比去年的，落得更加迟缓一些，笨拙一些。像我的孛爷爷、孛奶奶一样，给我做饭的时候，花费的时间比去年要多一些。

天祝，藜麦红了

我是说，呼韩邪，天祝的藜麦熟了，不一定是红的。还有黄的、绿的、紫的……藜麦是七彩的。你告诉我，匈奴有几种颜色？

有一天，我在风里迷失了自己，呼韩邪。风沙扑打着我的浅咖色风衣，我又把腰里的布带勒紧了一下。我能触摸到风的骨头，那么凉，那么粗粝。还有，我摸到了刀鞘，也是那么凉，那么决绝。

那把刀鞘，让我知道我还是汉朝的王，呼韩邪。可是，风不知道，沙不知道，旷野不知道。只有我自己知道，这算什么呢？呼韩邪。

你看，绿色和紫色的藜麦是我头顶的"雉羽宫扇"，大野里十万藜麦是我的兵士。我只要一声号令，它们将会闻声起舞。是这样的吧？呼韩邪。

我真的迷路了。我在大风里喊着你的名字，呼韩邪。汉朝的王也会迷路。汉朝的宫女都是大野里的藜麦，呼韩邪。我的朝臣纷纷出走，寻找你的马车。他们想在接你的马车篷上，捎给你一束天祝的藜麦。两束也行。三束也行。你们匈奴，是不是十三是吉祥数字？反正天祝就是。那就捎给你十三束藜麦。只要你喜欢。

旷野里风太大，呼韩邪。是你帐篷前的风翻山越岭赶来的吗？你听，我的浅咖色的风衣也簌簌抖动，凋零的藜麦叶子是兵士的衣衫。

我的长发也觉得冷，呼韩邪。我把整个大野都裹在藜麦——我的士兵身上，可还是冷。我抓紧我的藜麦，告诉它们，稍等，我给呼韩邪写个信，叫他收住风。

我找不到一根柴火，整个大野是如此干净，干净得连一束黄草都不留。干净得连破旧的烽燧都没有。呼韩邪，我找不到一个避风的地方，找不到一坨篝火。

你看，大野里全是藜麦……

呼韩邪，我拿什么走出这场风沙？我是汉朝的王又有什么用？我看不见你打马而来的身影。

我的紫骝马呢？呼韩邪，是不是已跑到你的帐篷前？你怎么迟迟不收住这场大风？你的大风摇落了我多少藜麦穗子？当年你说，汉王，我愿意臣服于你。可是，你怎么还不收住大风？

呼韩邪，天底下，风是最柔韧的，不怕被岁月扳断。只有我的一声叹息蹲在风的肩上。西域之外，风沙之外，一定有一个醉酒的汉子，还抱着酒坛呓语。也一定有大片的藜麦，是我的士兵。

你喝醉了吗？呼韩邪。你可在等我的马车？马车上捎着天祝的藜麦。这枚最红的穗子，是我给你的礼物。是汉朝的王，对你的问候。

现在，呼韩邪，我在大风里巡视我的十万兵士。我的兵士不是一枚木简，也不是我写上几个汉字，把它们邮寄给你。

我的兵士就是这么多的藜麦，它们散发出庄稼的清香，使得你不得不臣服。天底下，再也没有比庄稼成熟更加令人激动和满足的事情了。我对我的士兵们说，听，那是丰收的声音。这大风，是呼韩邪寄来的丰收贺信。

再也没有比藜麦更加忠诚的了，呼韩邪，我不知道你的宝马，是否在马厩里嘶鸣着，不安地躁动着。你应该来天祝，看看我的十万兵士。

呼韩邪，我的邀请，被风吹走。呼韩邪，羊皮鼓的声音，也被风吹走，然后被旷野吸附。锣鼓俱静，只剩下我的邀请。呼韩邪。

呼韩邪，你一定要走出牛皮的帐篷。大风是天大的请柬，我是汉王。我的藜麦兵士吹着号角，等我拥抱一下。

我的马听见号角，就会寻音走出旷野，涉过沙子而来。呼韩邪，我生好一堆火等你！你看，我拥抱我的兵士。告诉它们，再等等，呼韩邪就会打马而来，路过我的村庄。

我是汉王，可是千年的千年之后，汉王也有自己的一个村庄。

哦，不，呼韩邪，我是汉王的后裔，我变成现在的自己。

呼韩邪，如果你看见一只鹰穿过天空，越过古老的帐篷，请不要打盹，再添一根木柴，找到你的紫骝马，到天祝来看我的兵士啊。

呼韩邪，我变成现在的自己，行走在无垠的藜麦田。大野里风真的很大，吹得又要感冒。

呼韩邪，汉王的后裔也会感冒，而且不吃中药就不能好。

我的信使去了哪里？稍等，等我走出这片藜麦地，给匈奴的王写一封藜麦收割的短信。呼韩邪，阳光正浓，藜麦颜色正浓。而你，却在千里之外，晾晒一地野花。你到底来不来天祝，看这无垠的藜麦田？

听我说，呼韩邪。看藜麦，要趁早。现在是最好的时候。千年之后，藜麦就谢了。

白石篱笆

土塔村是个冬窝子。过了端午节，牧民们赶着牛羊离开村庄，去遥远的夏牧场。村庄空空的，鸡儿、狗儿也一起跟着走了。流浪汉仓布在一个落雨的午间到达土塔村。

空村庄可不是仓布想要的。他兜里连一个铜板都没有，靠蘑菇和野菜可不能活命。村口密集的牛羊蹄子印儿朝着阿米嘎卓山谷走了，仓布跟着牲口蹄印追随而去。

太阳热得很，仓布又累又渴。他像牧羊犬一样摊着舌头，呵喽呵喽气喘着爬山越岭。谁都会心怀幻想，可仓布的幻想超越了现实界限——旷野里根本没有人家，也不见土塔村转场的牛羊。

仓布脑海里有这样一个场景：半旧的黑帐篷门口老牧人劈着柴，冒着火焰的牛粪炉子上，咕咚咕咚煮着羊肉。他不敢渴望成为那样的人，然而他希望遇见这样的牧人家。牧场上的人家从来不吝啬一顿饭。

仓布原本就是土塔村的人，他爷爷养着一群肥羊、几匹瘦马、几只牦牛。每年转场时，爷爷把他驮在牦牛背上，跋山涉水到阿米嘎卓夏牧场。爷爷是个有趣的怪老头儿，一辈子有好多传奇故事。土塔村至今还有人讲爷爷在白石头山的奇遇记。

有一天，爷爷进祁连山深处找走丢的羊群。他走过干草道，穿越跑鹿滩，来到白石头山脚下。爷爷坐在一块巨大的白石头上抽烟，突然听见有人气冲冲喊："你骑在老子脑门上了，滚下来。"

爷爷是个倔脾气老头，抄起铜烟锅，反手把白石头狠狠敲了几下，骂道："老子哪里坐不得？你一个石头，坐会儿能压死你啊？"话音未落，扑面刮过来一团风，他不知被什么东西踹心窝子给一脚踢下了白石头。爷爷是个老牧人，走遍深山，啥也不怕。他爬起来，脱下一只鞋子，朝着白石头劈面一顿猛打，把白石头的脸都打红了，变成了红石头。

这块石头，大概是白石头山的守门石，被野蛮老头儿一顿打，气得趴在地上哭。爷爷才不管呢，气呼呼地走进白石头山找羊群。可漫山遍野全是白石头，不见羊群的影子。

翻过几个山垭口，来到山坳里，乍然遇见一座被石头篱笆围起来的院子。细长条的白石头桩竖起来，石头上缠绕着棘刺青藤，围成白绿相间的一道石头篱笆。院子被石头篱笆围得严严实实，没有门。从石头篱笆缝隙里窥视，院子里有宫殿一样的建筑物：石头台阶、石头窗、石头墙、石头屋顶……

爷爷拿铜烟锅梆梆敲了几下石头篱笆，竟然攀着青藤爬上去，骑在最高的一个石头桩上，慢吞吞抽烟，观察院子。人不住的地方，神住。

宫殿是白石头垒起来的，倒也不甚高大，反而矮塌塌的。依然没有门，囫囵一座房子。不过，院子里一棵杂草都不曾有，干净得狗舔过一样。南墙下有石头磨、石头驴；墙角有石头草垛、七辆石头草车；屋檐下有石头案子、石头茶壶。石头窗子里，隐约可见一个石头人的侧影，似乎在朝着窗外看。石头篱笆上几只石头鸟在打盹。侧耳细听，院子里寂静无声。

此时一团风扑面吹过来，老头儿似乎被谁踹了一脚，跌下石头篱笆，滚到墙外草窠里，棘刺戳到腿上，钻心地疼。爷爷破口大骂："呸，老子是来找羊的，又不是盗贼，踢老子干啥？"

院子里有个声音说："你的羊群在河滩里，你骑到老子墙头上干啥？谁稀罕你那几只破羊？"

听声音，也是个老头儿，云遮月的嗓子。两个老头儿吵架没意思，指不定谁也吵不赢。仓布爷爷拔掉戳进肉里的棘刺，骂骂咧咧地离开石头院子，朝着山下河滩里寻去。

河滩里白花花的石头，看起来很近，却没有路，七拐八弯不容易走到跟前。走累的爷爷坐在石头上吃烟，一抬头，突然看见自己的羊群果然就在河滩里，甚至连咩咩叫的声音都听得见。大尾巴、花头子、秃角、细脖子、黑蹄子、白鼻梁，全是他的羊，没错。

一群羊就是全部财产，爷爷梆梆磕掉烟锅灰，把烟锅别在腰里，连滚带爬朝着河滩跑。然而无论他怎么跑，都到不了河滩，羊群若隐若现。老头儿急了，脱下鞋子，朝着眼前的白石头挨个儿打，啪啪啪一路打一路走，大声叫骂，唾沫飞溅，骂得一句比一句难听。在叫骂声中，他竟然走到了河滩。

然而，河滩里全是白石头，一只羊都看不见。如果他退出河滩，走远一点，风吹草低见牛羊，羊群在蠕动；他跑到河滩里，只有一块一块的石头，找不到羊。就算他把河滩里石头的脸打肿，也打不出来半只羊。他觉得自己被反复戏弄，这些石头压根就是逗他玩。

暴躁的爷爷退回山坳，爬上石头篱笆，跳进院子里，抓住石头驴一顿打——为啥不敢打别的？大概是驴子好欺负。如果去打窗子内的石头人，他也隐隐有些害怕，万一反手被打回来呢。

老牧人力气大，石头驴子被打急了，就咳咳叫了几声。驴叫过之后，天空布满阴云，大雨滂沱而至。老牧人听见一阵慌乱的声音——隐约有庄门吱呀关闭的声音、扫麦子的声音、麦子倒在仓里的簌簌声、干草垛上扑棱棱鸟飞的声音。院子里全是忙碌的声音，然而啥也看不到。窗子里那个石头人诡异，一会儿看得见，一会儿虚影一晃。

大水哗啦啦冲下白石头山，朝着山下奔腾。老牧人又踢了一脚石头驴，骂道："真是头倔驴，不过踢你几脚，你倒是下大雨，害得老子回不去家。"

院子里有个声音骂道："破老头，踢老子的驴干啥？老子要推磨，不和你玩了，滚。"

倔脾气老头儿扯着青藤又爬出院子，骑在石头桩上朝河滩里看。河滩里是羊群，湿漉漉地咩咩叫唤。这次是他自己跳下石头篱笆的，没有被踹心窝子一脚。他跟着水流，蹚水下山，直接到达河滩，一点也没走弯路。他的羊群在大雨里被打回原形，怯生生地挤成一堆，可怜兮兮。

仓布的爷爷赶着羊群，跋山涉水，回到土塔村。羊一只都没少，不过都瘦了些。据说白石头山里有一座白石头城，就是爷爷遇见的那个院子。村子里也有牧人经历过白石头城的捉弄，有人还见过石头人立在石头篱笆上，直愣愣发呆；也有人见过石头狗，被猎人打了一枪，咕噜咕噜滚下山。

大家都笑，仓布家的羊群去了一趟石头城，入了石头阵，差点变成石头羊。据说白石头城的石磨一旦响起吱呀吱呀的声音，夜里就会磨粮食，粮食全是金子。如果仓布的爷爷守着不走，随便背一口袋，都足够花几辈子。

那时仓布还小，他担心爷爷如果再去石头城，会不会变成石头人。然而爷爷才不去呢，他只在乎自己的羊群，没事跑到石头城干啥呢？被反复戏弄，还被踹心窝子，挨几脚。

反正深山里会有各种荒诞的事情，也有怪异的遭遇，所以土塔村的人并不受这种事的困扰，兀自按照节令转场、放牧、过日子。几千座大山，只有一撮人，怕也没用。

仓布根本不想过牧人的日子，他一边长大，一边谋划着走出村庄，去到外面的世界闯荡一番。人的活法和植物一样。有些植物的种子，能蹦出果荚，弹到远处去寻觅梦中的肥沃土地。有些种子就掉在果荚脚下，扎根生长。有像蒲公英那样乘风飘走的，有落在陌生草地里的，也有吹到小溪里的，各自凭运气罢了。

所以，无论是仓布卖掉自家的羊群也好，还是到各个城市里混迹也罢，反正没有人能管住他。爷爷早就去世了，邻居们自然不会多管闲事。

说起仓布的身世，土塔村的人简直笑到腮帮子疼。当年，仓布的爷爷去山外串门，到一个小镇上。有人说家里小儿常常啼哭，需要过继个干爹。于是事先约好，那户人家把小孩抱到路边，扔一下，爷爷接过来，抱回家。等过几天，父母再把孩子接走。

爷爷把仓布抱回家，正赶上转场。那时候野兽特别多，全村人必须一起走，剩下一户可不行。于是，两岁的仓布被爷爷抱到牦牛背上，驮到夏牧场。深秋返回冬窝子，整个冬天大雪封山，土塔村与世隔绝。就这样，被季节耽搁的小孩儿成了仓布家的宝贝。

每到混不下去，身无分文之时，仓布一准会回到土塔村。流浪汉的生活想起来一团糟，然而事到临头，总有办法，也不至于饥寒交迫。仓布虽然野里野气，是个闲逛鬼，但内心纯净，村庄里谁都喜欢他。

现在，他来得有些迟，全村转场走了。土塔村的夏牧场在阿米嘎卓山谷，特别遥远，得走好几天，沿途全是深山荒野，别指望遇见人家。依着仓布的想法，赶路虽然辛苦，但追上村子里的人就好了——草药熬出来的汁液又苦又涩，然而草药生长在大野里多么自在。苦涩只是草药的一部分，不要熬即可。同样，苦涩也是他生活的一部分，不要刻意去想即可。

黄昏时分，仓布走进土塔峡谷。他找到岩壁上的一个石洞，生火煮方便面，顺便喝点热茶。火光映照着他，他的影子投在石壁上，瘦削的身子，蓬乱的头发，侧脸像只猴子。洞外，喜鹊和一群叫不出名字的鸟混杂在一起乱叫，格外聒噪。

仓布吃饱喝足，甚至吸了一会儿烟，就躺在薄毯子上，枕着一块石头，看洞外渐渐暗下来的天光。篝火冒着烟，熏走蚊虫、蝙蝠。深山的天空特别高，星星繁密。山谷里的动物不知道来了人类，仍然时不时吼叫。土狼嗷呜嗷呜，压住了猫头鹰和弱小动物的声音，独霸峡谷。仓布就在各种野兽的声音里酣然入眠。

有那么几年，仓布无限憧憬美好未来，觉得自己浑身都是本事，定要骑马仗剑走天涯。不过这几年越来越惨淡，他逐渐意识到自己不过是个粗鄙的人，卖了马，当了剑，败光爷爷的一份家产。如果他这么想，肯定睡不着。所以这种想法顶多一闪而过，不会停留。

黎明时分，他被密集的鸟叫吵醒。流浪汉习惯睡到中午，然而包里口粮已不多。日出时，仓布大踏步走在山谷里的羊道上。

仓布不大理解自己的行为。他从小就很叛逆，觉得土塔村像个羊圈，圈禁住他浩荡的人生。现在，他慌慌张张奔逃，迫切想回到旧日熟悉的环境中，哪怕羊圈都行。

这条路他最熟悉不过了。有一年，他和爷爷赶着羊群刚进到峡谷，遭到大雨，雨水夹杂着冰雹。路被浓雾锁住，啥也看不见。羊群挤成堆，不敢吱声。爷爷凭借记忆，摸到路边的一个石洞，爷俩哆哆嗦嗦冻了一夜。

就在那天晚上，爷爷说他看见一个红头发女人哈哈哈笑着走过洞前，被爷爷呸了一口。半夜的时候，有个声音说："快去把炒面口袋背到桫椤树上去。"爷爷骂道："让你的蛤蟆驴子去驮吧。"那声音消失了。仓布迷迷糊糊，只听见有啄木鸟啄树的声音，笃笃笃，笃笃笃。

爷爷确实是个爱吹牛的老头儿。仓布暗自思忖。走了一天，吃光最后一点口粮，太阳快要落山时，仓布走到布尔智山谷。古时，这是匈奴人的山谷，草木石头都粗粗大大，如同匈奴人的粗犷样子。

不管怎么样，陷入绝境的他发现山谷里有一户人家，小木屋高耸的烟囱冒着青烟。仓布暗自盘算，在小木屋借宿一晚，明早出发。他只习惯无拘无束地瞎逛游荡，而不擅长赶路，脚踝都走肿了。

小木屋的主人毫无防备时，仓布一脚迈进屋子里。他又瘦又高，屋子里的光线一下子暗下来。主人正在给生病的羊灌药，一抬头，看见几步外杵着一个陌生人，头发乱蓬蓬的，身上背着大背包，像一截结着鸟巢的老树桩子。

主人是个粗壮的大汉，一时有些惊讶，丢开手里的羊羔子，瞪眼看他。仓布又累又饿，简单打个招呼："阿卡，我是土塔村仓布家的，去夏牧场，路过，给口水喝。"

"乔德茂（你好），土塔村的哦，前些天转场了。你落单了？坐下吧，茶有哩，糌粑有哩。"大汉被突然闯进来的陌生人吓一跳，不过看仓布嘴角的白皮，满脸倦色，知道他饿得够呛。

主人虽然是个沉寂缄默的牧人，但不妨碍仓布借住一晚。深山里人家稀疏，过路人少得可怜，不给住简直没道理。仓布大吃大喝一顿，困意席卷而来。他把自己的薄毯铺在屋檐下的长椅上，呼呼大睡。他是个流浪汉，没有给别人帮忙的习惯，无论壮汉有多忙。

牧人给羊灌药、挤奶、割草。他和仓布的爷爷一样，有一种走路悄无声息的本事。这种轻手轻脚走路的方式，是常年放牧锻炼出来的。脚步轻微，可以隐藏自己的行踪，避开野兽的追踪，或者尽量不惊动野兽。

仓布的爷爷即便迎面遇见野兽，也能飞快隐蔽——有时候躲在石头背后，有时候爬上大树，有时候藏在灌木丛里。野兽只看见一道虚影一晃，以为眼花。几千座大山里只有一点点人，人必须揣摩野兽的心思，甚至模拟野兽的生活方式，以保护自己。

无论哪种野兽，都不会在山野里留下明显的踪迹。大兽小兽，留在地面的踪迹都时断时续，又浅又淡，只能算蛛丝马迹。除了老练的猎人，一般牧人不可能跟踪。就算深山里有黑熊、有土狼、有雪豹，它们的爪印也极为轻柔，和鸟儿的差不多。牧人掌握这一习性，并且参照模仿。

壮汉牧人无论多忙，发出的声音都极其有限，别说惊动仓布，连惊动蚂蚁都不可能。小木屋的外壁涂着黄绿色的漆，如果不是烟囱冒烟，就会隐入草地，一座房子压根没有似的，掩藏在烟尘里。

仓布被气势汹汹的狗叫惊醒。一条大黑狗赶着羊群回来了，狗爪子上沾满花瓣。它一眼就发现屋檐下的陌生人，一顿狂吠。幸好没下爪牙。牧羊犬常年和野兽打交道，智商比普通的狗不知道要高多少呢。它善于伏击，会追踪，可出其不意袭击野兽，好斗至极。当然，牧羊犬的能力是逐渐积累下来的，稍微疏忽，会被土狼给吃掉。比起看家狗，它不知道要辛苦多少倍。

一只笨头笨脑的羯羊钻到铁丝护栏网中，羊毛牢牢被缠住，死命叫唤。牧人跑过去把它从铁刺中拽出来。听到狗叫，壮汉牧人从远处走过来，一边走一边呵斥黑狗。

仓布坐起身，在夜色里默默注视着黑狗。他在城里浪迹的时候，知道自己极其卑微。现在他是在乡野里，面对的不过是一条狗，理当有人类的优越感。然而没有，他觉得自己没有凌驾于狗之上的豪横感。黑狗有一群羊，有家，而仓布没有。

小木屋亮起灯，牧人煮了一锅羊肉面片。仓布坐在炉子前，一口气吃掉大半锅。他的衣服谈不上干净，浅蓝的牛仔外套、靴子，外观上不能融入山野。而牧人虽然粗壮，衣裳也脏，但是他有一种接近自然的东西，一旦走出屋子，他就消失在天地之间，不知道去了哪里。

吃饱喝足的仓布继续睡觉，这次睡在牧人的火炕上。他不管牧人出去忙活什么，只希望明早离开时，牧人能给他准备一些口粮。事实上牧人也想到了这一点，准备的干粮还算丰盛。牧人能理解仓布，不鄙视。生活如此苦痛，世事纷乱混杂，既然命运无法掌握，那么流浪也是一种简单的人生。

仓布睡到很晚才起来，大黑狗早就赶着羊群吃草去了。小木屋外，虽然是荒野，但牧草丰茂，空气里飘着花香，美得像世外桃源一般。仓布有些伤感——天地有大美，这些野花牧草让人觉得生命里有一种充盈富足的感觉，好得让人落泪。仓布在潜意识里知道，无论山谷美得多么惊艳，光、色彩和花朵，终究会消逝。大地上的一切都是虚幻的，得不到，留不住，人也只能跟着自然流浪。

牧人干活不惜力气，抡起斧子劈开粗大的树根。仓布并不想劈柴，他吃饱喝足，离开小木屋。

"阿卡，等返回冬窝子时，再来道谢。"他挥挥手。

"那倒也不必。"牧人确实是个沉闷的人。

仓布小时候，如果一天吃不到面食，就抱怨个不停。有时候爷爷牧羊回来已经半夜，还要给仓布做葱花面片。可是现在，只要是食物，都能压住肚子里的咕噜声。如果只吃浆果、野菜这些可不行，得有粮食。当他接过牧人沉甸甸的锅盔和一袋炒面，内心的喜悦摁都摁不住。

毫无意外，从中午到下午，他没遇见一个人。山野里有开不完的野花，走不尽的牧草，就是不见牛羊。天麻麻黑的时候，他走到八棵柏树湾。这是一条山沟沟，长满杂木。流浪汉都习惯简陋的生活，找个避风处直接睡草地上就行。

这条山沟是黑熊出没的地方。有一年，土塔村的牛羊在八棵柏树湾过夜。半夜里，牲口突然骚动起来，牛羊发出惊恐的叫声，马和牦牛全都逃走了。

土狼怕人，黑熊不怕。大人们护着孩子，往山坡上逃，把羊群丢给黑熊。羊群乱成一团，相互踩踏，咩咩叫唤，惊恐极了。

天亮后，发现羊群被黑熊冲散，散落在草窠和岩石缝隙里，大人们找了好久才收拢。而两匹马驹子因为拴得太牢，马在恐慌中想挣断缰绳，结果累死了。惊恐的一晚上，黑熊吃掉了五只羊，羊群骚乱时彼此压死三只。损失不算大。羊群在山里，野兽也在山里，不可能一只都不损耗。

在爷爷的经验里，黑熊不怎么攻击人类，只喜欢吃羊肉。黑熊不是食人兽，连土狼都不是，老虎、雪豹有以猎人为食的毛病。黑熊有个习性，只要在一个地方住下来，这片地方全归它。八棵柏树湾就是黑熊认定的领地。

　　在领地里，黑熊相当霸道，见牲口扯牲口，见野兽扯野兽，无一幸免。它扯大牲畜、扯人，并不是因为饿，而是因为人畜闯入了它的地盘，挑衅了它的主权。牧人不说咬，说扯，是隐语，怕野兽破译人类的语言。

　　深山的夜黑极了。疲劳和大山熟悉的气息，让仓布睡死过去。即便来了黑熊，也不会吃他。黑熊不会以为他是个活人。

　　清晨，是一群红蚂蚁把他叮咬醒来的。就在此时，他觉察到不远处有一双眼睛盯着自己。阳光从杂木繁密的树叶间隙里流泻下来，树影斑驳，落在草地上。斜对面的半截树桩后面，探出一双眼睛，是旱獭。它一边看他，一边发出咕啾咕啾的叫声，声音充满惊慌。

　　从小就和小动物们厮混，仓布听出来旱獭的警示声。他一骨碌翻身，背起包裹，爬上身后的一棵老榆树，骑上树杈，透过树叶朝远处看。是黑熊，正从山坡上走下来，蓬松的皮毛在阳光下发着光亮。黑熊走得缓慢沉重，漫无目的地溜达。它应该嗅到了人类的味道，眼神朝四下里察看。

　　人的味道与荒野格格不入。不过，这两天赶路，仓布身上是草叶子、树叶子、尘土、蚂蚁腿、蜻蜓翅膀、花粉这些东西的味道，掩饰住了他身上的味道，尤其在头发里，青草的味道相当新鲜，脑门上还顶着一撮苔藓。

　　仓布的眼神里有桀骜不驯的野性，但仅仅是对人类而已，比起黑熊差远了。心怦怦狂跳，他不敢和黑熊干架，也不想被黑熊啊呜一口吞掉。

　　黑熊从老树底下走过去，狐疑地左右察看，扭头朝着后面观察，笨重的身体慢吞吞地移动着。人的气味若隐若现，始终捕捉不到，令它迟疑。过了一会儿，黑熊终于踱着步子，走出杂木林，朝山沟那头走去。它走过一片绿绒蒿草地，对那些繁密的黄色花朵很留恋，时不时停下来看看。独活草的枝子垂下来，拂过它臃肿的脊背，这一幕像一幅油画，有朦胧的美。在别人看来，流浪汉的生活寒碜可怜，然而仓布觉得自己走遍千山万水，生命比谁都丰富自在。

不过，黑熊放着无数条岔路不走，偏偏走仓布的路，让仓布无路可走。黑熊朝着夏牧场的方向溜达，仓布得躲开它。他决定冒险穿过对面的卡哇掌大山，走干草道这条捷径。看着莽莽群山，仓布心里有些怵。

仓布的邻居贡保讲过一件事。

有一年他找牦牛，走到干草道，路两侧都是陡峭的悬崖。山高天窄，阳光被石头、山崖遮蔽，峡谷里光线幽暗。耳边隐约有人喊山："太阳啊太阳，天上挂。今日落下明日升。可怜人啊，不回还。风啊风啊，空中生。风来风去啊，风还在。可怜人啊，不归宅……"声音极其悲凉哀伤，锥心透骨地瘆人。

贡保一惊，四下里看，有个黑影子在高高的山崖上拂动树枝子，左摇右晃，俯视他，凄凉地喊山。

牧人都宰牛杀羊，身上有杀气。贡保抽出腰刀，咣啷咣啷地在石头上磨了几下，砍下一根树枝子，摇晃着，用土塔村古老的丧调子高声哀嚎："花呀花呀，地上生。干草道上野花开，花开花谢根犹在，可怜人去不回来。雪呀雪呀，天上降。太阳一出无踪影，大雪化了归山野，可怜人啊，不回来。"

丧不过贡保，山崖上的黑影和哀伤的声音消失了，一只鹰飞过去。贡保没有继续找牛，转身返回。这深山峡谷，似人非人的东西也不是没有，以毒攻毒打败即可。

没多久，跑出去的母牦牛竟然拐来一头野公牦牛，连蹦带跳回到了夏牧场。后来，贡保家的牛群里就有了一些凶悍的杂牛，脾气极坏，天天跑出去打架，把仓布家的白牦牛牛角撞断好几只。

现在，仓布非得走干草道不可。进入卡哇掌大山，全是松柏树。走一阵，就会遇见一些奇怪的树——有的是两棵独立的树，长到半空，相互缠绕着向上生长；有的是四五棵树，挤在一起，从根部扭结成一股，窜到天空里去。

这种树叫作神结树。据说卡哇掌住着山神，山神有一些小事情要记住，就抓起两棵树拧巴一下。如果记山洪旱灾这些大事，就抓住一大把树，扭结成一股。这些神结树不能砍树枝子，树枝子代表着山神领地内的动物。如果谁砍掉一根树枝子，山神清点，以为少了动物，就会把别处的野兽猛禽抓来凑数。

这些禁忌仓布从小就熟知，再说也没有必要砍树枝子，饿了直接啃锅盔即可，渴了趴在地上喝泉水。哪有时间烧水煮饭。

"神灵不会写作，他们唱歌和舞蹈。"这句话仓布不知道。但是在祁连山深处，山神除了唱歌跳舞，也忙着结绳记数，把一撮一撮的树木拧成一股。

日落的时候，仓布走出卡哇掌阴森的原始森林，蹚过一条河。一抬头，他发现满山都是白石头。糟糕，闯进白石头山里了。仓布惊呆了。他走偏方向，应该是朝着北方走，翻过卡哇掌就到了干草道。现在偏南，恰好是白石头山。

白石头山沉闷空旷，一棵树都没有，简直令人生畏。不过还好，眼前这座山只是白石头山脉尾巴的一个小山头，不算太糟糕。算时间，天黑之前应该能翻过去。歪打正着，这样一来可以节省半天时间，晚上在老鹰嘴休息，明天下午就能抵达夏牧场。流浪汉时间宽裕，但口粮有限。

爷爷没有骗他。一脚踏进白石头山，荒野里全是鬼哭狼嚎的声音，各种各样的石头——云母、石英，粗石、磨石都闪着光芒。都说是白石头阵，一点也不错，牦牛大的石头摆成各种各样有规律的图案，天知道啥意思。

杂草从石头缝隙里挤出来，漫山遍野的狼毒花，粉白粉白的。仓布不知道是害怕还是兴奋，反正全身都在颤抖。他不能驾驭这无边无际的蒙昧之地。如果荒野里有什么东西冒出来，也毫不违和。这深山荒野，就不是给人类走的。

深山的黄昏很奇怪，暗也不是很暗，亮也不是很亮，就那么迷糊不清，时间似乎停止了。满山的大石头，很难走，只能在石头缝隙里迂回攀爬。瞎老鼠胆子大，在他脚边抱头鼠窜。蝇子成群结队，黑漆漆一疙瘩，浮在空气里。

一只幼小的猞猁猝不及防撞到仓布的脚下，这家伙立刻装死，躺在石头缝隙里不动弹。不远处另一只跳出来，假装瘸子，又跳又打滚，抓耳挠腮，龇牙咧嘴，企图吸引仓布的注意力。仓布知道它在骗他，他也不在意，扭身离开骗子猞猁，朝着另一个方向走了。城市里有套路，深山也不会少。

爬到半山腰，仓布发现一条细细的痕迹，不像羊道。羊不会到白石山来，草少石头大，不小心会摔死。他蹲在地上仔细看，似乎是人类踩踏出来的。隐约有半截鞋底子的痕迹，脚奇大无比。奇怪，这荒郊野岭，哪来的人？野人是不可能有的，最爱吹嘘的爷爷也从未提起过。

小径曲折，朝着山顶而去。仓布正好顺路，跟着若隐若现的小径往上爬。爬了好久，几乎快到山顶了，面前出现巨大的石头篱笆。全是天然的棒槌石头，比人高，一块挨着一块，圈住一处小小的山坳。小径消失在石头篱笆的缝隙里。石头下杂草丛生，草穗子蓬松凌乱。

仓布沿着石头篱笆走一段路，找到一个缝隙，朝山坳里窥视——院子很小，几铺席子大。不大的山洞，石头堵着洞口。石头磨得光滑，似乎有人常常从石头上爬过去进入洞里。

院子里有一双男人的运动鞋，很破，随便丢在石头篱笆边。还有三叉灶和一口瘪掉的铁锅。紧挨洞口处，有一块平石头，大概是桌子。一张躺椅，也破败不堪，可能白天男人躺在上面睡，晚上进洞睡。院子里寂静无声，角落里扔着一些酒瓶子、饮料罐、空罐头瓶、塑料水桶。看样子，是一个不讲究的男人。

天色已经暗下来，如果借宿一晚，也不错，至少野兽不会侵扰，能吃口热饭，喝口热茶。这个想法一闪而过。凭借流浪汉的嗅觉，仓布觉察到一种不祥的气息，整个院子的气场不是隐居者的那种闲逸淡然。这里也不是牧人随便的栖身之处，牧人不会这样乱丢东西。院子里的气氛令人局促不安，像他小时候误入狼窝附近的那种恐惧感。但凡正常的避身之所，气场都是松散的，不会这样紧紧攫住人。

连一秒钟都没有迟疑，仓布相信自己的直觉。他悄悄退出石头篱笆，躲闪到几块大石头后面，蹑手蹑脚离开石头篱笆院子。他身上洗得发白的牛仔服和背包，混入石头阵里，是最好的伪装。

有些人选择隐居，是因为被世事困扰，竭尽所能远离红尘，躲在山洞里，面壁、读书，过那孤独的人生。有些人则不是。看院子里的凌乱程度，神秘人的来历估计不磊落。至少他不想被人发现这栖身之处。

仓布几乎憋着气，悄无声息地爬远。他惊讶地发现自己完全和爷爷那样，走路轻，不发出多余声响。大概一小时后，仓布终于爬到山顶。他在一个大石头缝隙里坐下，掏出锅盔啃，朝着那个石头篱笆的院子里俯视。

果然有人。石洞里透出微弱的灯光，照到院子里。在漆黑的山野里若隐若现。如果他多磨叽一会儿，多半会被石头洞里的居住者发现。好险。如果是隐者，那也无所谓。倘若是个疯子，那就麻烦大了。虽然自己是个流浪汉，但是仓布始终相信，自己的选择都没有违背天意，他有权利自由地活着。

山风呼啸，白石头山里全是怪异恐怖的声音。比起寻常的自然现象，白石头山神秘得多。面对古怪事物，仓布承认自己的无知。尽管仓布不在乎一些奇谈怪论，然而身处其中，还是有某种东西牢牢束缚他，让他内心的狂野不得不收敛。山太大，人过于渺小，山的气势恰恰能击中人内心的脆弱。

仓布嚼几口干粮，吃掉两块巧克力，把剩下的半瓶酒灌进肚子。酒壮人胆，他趁着酒劲儿下山，直奔老鹰嘴。老鹰嘴有护林人的小木屋，他很久之前住过。

那一年爷爷已经病了，还是强撑着转场。那天下着大雨，人马困在老鹰嘴，只好就地安营扎寨。夜里，在河边烧起大火，成堆的朽木烧得通红，巨大的火焰在细雨里挣扎。

半夜，来了一只"粗毛盗贼"。无论是人类还是烈火，都不能抵挡土狼对羊的热望。它摸到羊群里，一口气咬死三只羊。等牧羊犬和人们发现时，它已经叼着一只羊跑了，大概是要给狼崽子吃。

狼比任何动物都凶狠。它袭击羊的时候，惊恐的羊群挤成一团，相互踩踏。体弱的羊要么被挤死，要么被同伴踏死。那天晚上，被踏死、压死的五只羊都是仓布家的。爷爷本来病着，损失五只羊，愈加憔悴。

黎明时分，粗毛盗贼又一次光顾羊群。一群狼崽子嗷嗷待哺，要想阻止母狼的打劫很难。爷爷气疯了，抢起木棍一顿狂追，不慎摔倒受伤。天亮后，爷爷不能跟着大家走，留在护林人的小木屋休整几天。

仓布想想，自己确实是个没心没肺的人。那两天他竟然还带着狗在小屋背后的桦树林子里瞎跑、抓鸟雀，全然不在意爷爷的病是否要命。仓布对爷爷的愧疚与日俱增。流浪汉简陋的生活自由洒脱，但时而饥寒，时而死寂，时而又喧嚣，此消彼长，让他越来越想念爷爷。

土塔村属于仓布家的老院子已经年久失修，破败不堪。羊圈也全都坍塌掉了。他厌倦流浪，想回到村庄把老屋修缮加固，可自己又极度缺乏实际的生活技能。他连砌墙都不会，打土坯也不会。仓布是被爷爷宠坏的懒汉。

大概午夜时分，他磕磕绊绊摸索到老鹰嘴。一只石羊的残骸躺在松树下，尚有余温。仓布在山顶啃干粮喝酒的时候，野兽也在吃晚饭。从剩下的骨头看，粗毛盗贼至少有两三只。护林人的小木屋在河边，仓布扭开锁，推门而入。小屋十分暖和，土炕铺着席子和一卷羊毛毡。

天还没亮，沉睡的仓布就被咚咚咚的敲门声惊醒。护林人不会在黎明时分到来，是谁呢？仓布悄悄摸索下炕，朝窗外瞅。看不清，窗外麻麻黑，一片混沌。也许是土狼，也许是猞猁，也许是兔狲。那次爷爷在小木屋养病时，有一种肥肥的土拨鼠，拿爪子咚咚咚地敲门，发出吱吱的叫声。那种小动物很柔软，身体里没有骨头一样，圆滚滚的，非常可爱。

仓布没理睬，胃里发出咕噜咕噜的声音。他塞了两口炒面，继续睡，睡到日上三竿才醒来。小木屋里有一只铁皮炉子和一垛木柴，锅碗瓢盆都齐全。火炉里冒出火焰，烧好一壶热茶，拌了糌粑，仓布坐在炕沿上吃美味的早餐。阳光从窗口透进来，小屋里布满橘色的光。当年爷爷就躺在这个土炕上，慢吞吞地喝茶，吃糌粑。仓布没忍住，鼻尖有几滴眼泪滚下来。

喝茶时，仓布无意间朝窗外瞥了一眼，心里突然一个激灵。对面黝黑的悬崖间，一道瀑布重重摔下来，溅起水花。一群毛茸茸的小动物拖拖拽拽，连滚带爬路过水潭，样子看上去非常慌张。

仓布自小在深山老林生活，对周围轻微的动静非常敏感。嗅觉告诉他，水潭边的灌木丛里藏着人，以至于小动物全窝出逃。他可能被盯梢了。

　　思来想去，昨晚在山顶扔下的空酒瓶、巧克力纸、烟蒂，这些东西可能被石头篱笆洞里的隐藏者发现了。仓布不善于打架，只想找到自己的邻居们，放牧、晒太阳、吹牛、喝茶。

　　先知可以预见未来，仓布也能。在深山老林被人盯梢，能有啥好事？这几天赶路，仓布像个野人，脸上结了一层垢痂，头发蓬乱，靴子被日晒雨淋，已看不出原来的颜色。只要远远一打眼，就知道他是个流浪汉。流浪汉容易被坏人伤害。仓布琢磨一阵，决定放弃背包，万一有危险，跑起来利索。

　　背包里有一条毯子、薄薄的睡袋、缸子、水壶、手电等一堆乱七八糟的东西，死沉死沉的。轻装出发，午后就可以抵达夏牧场。仓布换了一双便鞋，背上干粮，走出小木屋。出于本能，他瞥了一眼小屋门前的地面。潮湿的地上，留下的踪迹被树枝子抹去了。石头边有半截模糊的鞋印，奇大无比。

　　有人来过，仓布心里倏然一惊。四下里看，老鹰嘴美得难以言喻，河水潺潺，树木笼罩着一层薄雾，瀑布从野花中流泻而下。神秘之美是深山的本质，然而仓布不敢留恋，他甩开大长腿，疾步朝着小木屋背后的山坡上走去。翻山越岭是他的童子功，一般人追踪有些吃力。

　　一切似曾相识，似乎仓布没有离开，在此常住一样。山林里的石头、像牛头一样大的蘑菇、和啾啾的鸟啼，让仓布倍感温暖。在这个小木屋，在这个林子，爷爷度过了最后的时光。邻居们在夏牧场安置好帐篷、牛羊，用一匹枣红马把爷爷驮到了土塔村。爷爷回到家后神志不清好几天，就去世了。

人类的欲壑很难填满，欲望过多，所以痛苦徒增。这么多年，仓布觉得自己追求一种自在、简单、真实、看透世事的健康生活。然而他走进这个桦树林子时，瞬间崩溃。他呜呜大声哭着，跌跌撞撞走出林子，忘记了背后有人跟随。他甚至觉得黎明时分咚咚咚敲门的是爷爷。他在外面流浪得太久了，爷爷不知道他混成什么样儿。

"别担心啊，爷爷，老天后面给我的安排比你想象的还要好。"仓布呜咽着，抓起一把土摁在头顶上。

爬上老鹰嘴山顶，是正午时分。仓布骑在一棵大树的丫杈上吃午饭。锅盔剩下最后一牙，炒面还够几顿。他朝着身后的桦树林瞥了一眼，远处低矮的树枝子晃了几下。他确定有人跟踪。也许这家伙很快就会撵上来，把仓布给打趴下。盗贼和疯子都是偏执狂，不可掉以轻心。

仓布开始用土塔村古老的调子，嗷呜嗷呜学狼叫。整个山野里的土狼都熟悉这种呼唤。这些年土狼多，大白天的就围着羊群转悠，但是它们不伤害牧人。如果是陌生人，那可不一定。

一匹饥肠辘辘的土狼从不远处走过来，也跟着嗷呜几声。仓布留意远处的灌木丛，树枝子簌簌，一阵抖动，隐蔽其中的人似乎穿着黑衣服，慢慢朝后退去。这种颜色适合夜色，白天容易暴露。仓布从兜里掏出石子，朝灌木丛方向使劲儿扔。土狼注意到动静，不紧不慢朝着黑影那边走过去。

仓布溜下树，用最快的速度狂奔下山。对面就是阿米嘎卓大雪山，土塔村的夏牧场。他只要爬上山顶，就能看见山坳里的黑帐篷。他已经到家门口了。

河滩里，一群牦牛在饮水，仓布一眼就认出是贡保家的牛群。别人家没有那些又丑又笨的杂种牛，也不会野里野气跑这么远瞎逛。他蹲在河边猛吸了几口水，下意识回头看——老鹰嘴山顶上，黑衣人正在往下走，看上去高大结实，手里掂着铁棍或者是刀，在阳光下一闪一闪发光。黑衣人是个凶悍的家伙，竟然能把土狼干掉。

一时间，仓布吓得魂飞魄散。如果直接爬上对面的山，是捷径。但是仓布腿子发软，浑身颤抖，说不定会被追上。倘若顺着山脚往下跑，迂回一圈，也能跑到夏牧场山谷口。山下这条路相对平坦，适合逃命。

生死攸关，仓布对着牛群拼命打口哨，试一下运气。果然，一头尕犁耙牛竟然哒哒哒跑过来。据说，尕犁耙牛是黄犏牛和黑牦牛杂交的后代，个矮，胆小，老实巴交，遇见危险拼命跑。这是贡保的坐骑，能听懂回家的口哨。

跳上牛背，浑身发抖的仓布双脚猛踢牛肚子，尕犁耙牛朝着家的方向狂奔。去年夏天，仓布天天骑着这头尕犁耙牛闲逛，牛记得他。无论如何，黑衣人追不上。如果他想骑牦牛，门儿都没有。牦牛天生野性，习惯横冲直撞，牧人也不能驾驭。

尕犁耙牛跑起来蛮快，顺着河滩一路狂奔，仓布耳边风呼呼响着，悬的心慢慢落到胸腔里。真是老天帮忙，让他躲过一劫。奔逃好一阵，仓布回头看，身后的河滩里空空的，果然没有追上来。两条腿的终归跑不过四条腿的。

大概两个小时后，尕犁耙牛驮着落荒而逃的仓布，狂奔到夏牧场山谷口。远远瞧过去，山坳里七座黑帐篷、三座矮塌塌的石头屋子，静静地泊在下午柔和的日光里。成群的牛羊撒在山谷里，时隐时现。

仓布在牛背上嗷嗷吼叫，涌入肺里的空气甘甜清澈。他激动得颤动，恨不能打滚撒泼——其实流浪汉比谁都需要家的归属感，因为太孤独了。尕犁耙牛身材很好，绝不会因为牧草肥美而吃得肥头大耳。它不臃肿，跑起来敏捷轻快，一边跑一边还哞哞助威。仓布颤抖的身体让它感知到危险，所以尽力宽慰他。

黑帐篷前躺着聊天的、坐着喝茶的、打酥油的、晒羊毛的人们，同时听到了嗷嗷声，齐齐转过脸朝着山谷口看过来。一牛一人闯入大家的视线，一点点拉近。是谁在这个时候冲进山谷呢？

"哈哈哈，是仓布这家伙，浪子回来啦。"贡保认出自家的尕犁耙牛，从蓬乱的头发推断出骑牛的是仓布。帐篷前响起爽朗亲切的大笑声，仓布已经听见了。奔逃让他的神经紧张到了极点，现在，邻居们就在眼前，他浑身唰的一下松弛下来。

他从渺无人烟的荒山野岭回归到村庄里，踏过杂乱的白石头山、灌木丛、原始森林、溪流、岩石，一路险象环生，又被神秘人吓得逃命，多么艰难啊。他没忍住，委屈的眼泪几乎冲决而出。人确实不能做自己力所不及的事情。

邻居们嗷嗷喊叫着回应，欢迎他回家。在仓布身上，活力与颓废难以界定。虽然他们觉得人不能在想象中安置自己，只能在牧场里安置好所有的生活，然而对浪子仓布的爱是持久的。无论他怎么落魄地归来，对于牧人们来说，仓布还是那个顽皮又叛逆的小孩，这次他又从冬窝子回到了夏牧场。

光阴深处的河西走廊

　　唐宋时期的河西走廊，人们的日常光阴是怎么样的呢？那我也没去过，不知道。不过，读古籍，似乎能窥视到丁点儿痕迹。

　　有一种吃食叫饵糕，似乎不常吃，过重阳节时食用。敦煌文献《寺院破历》寥寥数语："粟陆斗，麦壹斗换黑豆，登高日用。"

　　粟就是谷子，碾去壳之后，叫小米，古时叫粟米。还有一种谷物叫糜子，也叫黍。糜子碾去壳，叫黄米。这两样是古河西走廊的主粮，西夏文献里到处可见粟米、糜子。

　　换黑豆来，要做饵糕。饵糕是怎么样的吃食呢？大概是粟米和黑豆蒸熟，搁在石臼里捣，像糯米糕那样的。另一种说法是粟米蒸熟，黑豆磨粉，蒸熟的米和豆粉搅拌在一起，捏饼上锅蒸。还有一种说法，粟米、黑豆泡好，磨成浆，掺入一些馅料，如葡萄干、红枣之类的，装盘蒸熟。到底是怎样的呢？河西走廊已经没有饵糕——有些食物吃着吃着，就消失了。

不过，我们端午节吃的卷糕，有可能是从唐宋的饵糕演变而来。黄米或者糯米泡好，放一些红枣、葡萄干，蒸熟。菜籽油炸出碗口大酥软的油饼，把米糕卷起来，这种吃食在端午节享用，叫卷糕。

唐宋的河西走廊重视重阳节，吃饵糕。如今，河西走廊的人更加喜欢过端午节。在天祝，这一天亲朋好友聚在一起登高，看香柴花，吃卷糕，喝雄黄酒。这种过节的方式，令人怀疑把古人的重阳节挪到了端午节。

翻古籍，古人三餐会留下一些食物的名字。饼很多，大概那时候把面食都统称为饼。胡饼、蒸饼、烧饼、菜饼、肉饼、汤饼，各种饼。

"供缝皮匠八人，逐日早上各面一升，午时各胡饼两枚。"这种胡饼大约是普通的烧饼，发面烙的。现在河西走廊大街小巷都是大饼铺子，也叫白饼子，碗口大，一顿可以吃两枚，想来和古代的胡饼大小差不多。

凉州的厚锅盔、烧鳖子，有草帽那么大，估计是唐宋大户人家的胡饼。或者是行军打仗时的干粮。

我小时候，家里来客人，父亲就会做一顿油胡旋饼。开水烫白面，揉光滑，擀薄，淋上胡麻油，卷起来，复擀成薄饼。锅里放胡麻油，搁饼子烙，慢慢地旋转，烙得柔软焦香。

敦煌文献记载："……油胡饼子肆百枚，每面贰斗入油壹升。"

我觉得爹烙的油胡旋饼，就是唐宋的油胡饼。

如果从字面看"每面贰斗入油壹升。"似乎是把清油直接揉到面里，事实上不是那样。是把清油淋到擀开的面皮里，卷起再擀。这样的饼子有层次，更加柔软可口。

唐宋人吃的蒸饼，是我们的蒸馍。从壁画上看，很相似——除了文字，古人还给我们留下壁画。不然后世之人不知道他们长啥模样，吃啥食物。

小时候，农忙时间大人们没空做饭，于是蒸一锅馍馍，顿顿吃馍。我吃过发霉的馍馍，颜色青灰，掰开有霉丝。我不想吃，可是孕姑姑戳指头骂个不停，只好吃掉。我打不过她。那时候的人皮实，一次也没中过毒。不知道古人吃不吃发霉的蒸饼。

菜饼倒是很寻常，如今的河西走廊，到处可以吃到菜饼。发面擀饼，卷入各种蔬菜，再次擀薄，铝锅烙饼。我吃过苜蓿菜饼。苜蓿嫩叶开水焯过，剁碎，掺入面粉揉成团，蒸熟或者煎饼。味道一般，不是多么美味。毕竟苜蓿是牛羊吃的草，不是正经蔬菜。

西夏谚语里，时不时出现菜饼。西夏近两百年时光，凉州是西夏的辅都，菜饼大约是从河西走廊传到西夏各地的。

唐诗里出现一种胡饼，叫肉饼。面饼烤熟，劈开，裹上切碎的羊肉、葱白，撒上胡椒粉。现在凉州城的北关市场卖这种胡饼，叫肉夹饼，饼子雪白，卤肉鲜嫩，甚为美味。

汤饼还有个名字叫馎饦。敦煌文献中记载："早上馎饦，午时各胡饼两枚，供玖日，食断。"

那么，早上吃的馎饦是啥美食呢？宋欧阳修《归田录》卷二：

"汤饼，唐人谓之'不托'，今俗谓之馎饦矣。"

北魏贾思勰《齐民要术·饼法》："馎饦，挼如大指许，二寸一断，著水盆中浸。宜以手向盆旁挼使极薄，皆急火逐沸熟煮。"

敦煌文献中将乱撒的"馎饦"比喻为雨点一般落下——馎饦空中乱撒，恰似雨点一般。

细读，原来馎饦就是河西走廊的揪面片嘛。这种吃食简直太寻常，两三天不吃就想得不行。凉州的羊肉揪面片，十几个人围着一锅沸腾的大锅下面片，真的雨点一样密集纷飞。雪白的面片配上炒好的羊肉菠菜西红柿，简直美味得让人流口水。

走在凉州小巷子里，小饭馆门口店小二在吆喝："羊肉面片，羊肉香头子，进来吃嘛。"让人觉得烟火人间，温暖又真实，可心可意。

我们这里虽然羊肉不缺，但是招牌却是葱花面片。葱花是野生的，从山崖上掐来，晒干。面片揪得很小，叫尕面片，煮好，搁一撮野葱花，刺啦一勺子热油泼上去，味道鲜美得难以叙述。只有吃过，才知道野葱花的魅力。

汪曾祺说："曾经沧海难为水，他乡咸鸭蛋，我实在瞧不上。"兰州人吃惯了自家牛肉面，瞧不上别处拉面。走出河西走廊，他乡揪面片我也瞧不上。河西走廊的揪面片，是从唐宋雪花一般纷繁而来，别处哪里能比。

我们村有一种面食，叫"饦疙瘩"。凉水兑入面粉里，筷子搅和，搅成一团，饧几分钟。水开，拿筷子拨入沸腾的水中，"饦疙瘩"两头尖中间鼓，像一条条小鱼儿。待煮熟捞出，浇上羊肉臊子，撒上葱花，再调一勺油泼辣子，滑溜筋道，特别好吃。

农忙时节，许多人家喜欢吃"饦疙瘩"。不费时间，又抗饿，干一天的活都不会饿软。我喜欢吃酸菜"饦疙瘩"，大概我爹总是给我们做这种饭，味蕾有了记忆。

古人吃什么蔬菜呢？大概是萝卜、蔓菁、葫芦、白菜、葱蒜，各种野菜。

敦煌文献记载："面壹斗，园间累葫卢架墙众僧食用。"

葫卢也写作壶卢，即葫芦，从西域传来。河西走廊的人们把南瓜叫窝葫芦，番瓜叫西葫芦。那种江湖郎中卖药的葫芦，可以当水瓢的葫芦，我们叫吊葫芦。

我的邻居会做一种"驴嘴唇"烩面，配菜必须是西葫芦。荞麦面温水和面，柔软一点。揉成面团，搓成长条，拍扁，切厚片。厚片的荞麦面片下锅煮熟，捞出，浇料汁。西葫芦切厚片，猛火炒熟，拌上煮好的厚面片，汤汤水水，简直太香了。荞麦面片煮熟的样子厚墩墩的，颜色青黑，边缘有弧度，特别像驴嘴唇。

某次外出，在不起眼的一个小馆子里吃到"驴嘴唇"烩面，配菜里多了洋葱，味道比邻居家差一点，没那么醇浓清香。我觉得洋葱这种菜很败味，无论哪一道菜里有洋葱，都会减味，蚀掉一部分食物清香。

河西走廊野菜多，野胡萝卜就是一种。古人把野胡萝卜叫土参。古籍记载："土参产山田中，形似参而不坚，味甘，春秋月掘根，蒸食。"

当然，也有一种药材叫土参，但此土参非彼土参，是两种植物。

野胡萝卜春天耕地时最多，一犁铧下去，翻出白花花的野胡萝卜，又肥又大。样子和人参有点像，质地虚，味道甘甜。

人吃的就是野胡萝卜根。暮春，它开始抽枝长叶，茎直，不很粗壮，多分枝，表面粗糙带细毛。开一种伞状小白花，一团一团的，低调朴实，淡淡的香味。撒叶抽枝的野胡萝卜根就不能吃了，只吃春天还未发芽的那种。

野胡萝卜根捡回来，淘洗干净，铁锅添水，铺一层野胡萝卜。烧开水，再铺一层面粉，慢火焖煮。这种饭叫焐焐，没点能耐做不出来。水不能多，多了粘成一团。但也不能少，水少了面蒸不透，半生不熟。只有老奶奶们才能把握火候。煮半小时左右，水煮干，闻到淡淡焦味时，筷子散开面粉，慢慢扒拉，让每一根野胡萝卜上都裹一层面粉。最后浇上一勺子热油，搅拌均匀。

焐焐饭不用菜，直接吃。野萝卜淡淡的甘甜味，面粉蒸出的清香，有一种独特山野之味。我在山里住的时候，春天家里总是吃焐焐饭，能吃得特别饱。有时候姑姑们做，那就太糟糕，焐焐饭要么黏煳成一团，要么一盘散沙，真是浪费了面。

姑姑们都脾气大，饭做焦糊也不能随便咕哝，不然一脚抄到门外去——叫你吱吱叫。有得吃就不错了，还挑。

野胡萝卜根天生是个素食物，切碎，包素包子也很好吃。古时寺院里常常吃这种素包子。今年春天，院子里几个大妈雇了一辆车，去深山里挖野胡萝卜，回来包包子。我尝了一个，手艺确实不行。调料太多，反而淹没了食材本有的味道。

至于蔓菁，历史也很悠久。《本草纲目》里说，蔓菁自古出河西。有可能是张骞从西域带到河西走廊的。河西古人最常吃的蔬菜应该就是蔓菁。

蔓菁做的凉菜，清爽可口之极。如果是冬天的话，就吃腌蔓菁菜，泡了辣椒，味道甘甜清香。蔓菁有两种，白蔓菁和黄蔓菁。黄蔓菁比较好吃。小时候家里有蔓菁畦，奶奶不许随便拔。我瞅空就偷了吃，拔下来擦掉泥大口啃，味道清甜甘洌。

有一回被尕姑姑告密，刚拔下蔓菁，奶奶拎着拐棍追来。仓皇逃跑时，从土坎上一头栽下，几乎摔晕。摔得用力过猛磕破嘴唇，满嘴的血。至今嘴唇里面还留着一道疤。

唐宋的河西，还有一种菜也是常吃的，叫菘。菘就是白菜。我爹炒白菜，叫活捉小白菜。黄芽白菜拔来，开水里烫一下，切碎爆炒，味道清淡。

我爹常常给菜取个奇怪的名字。比如一碗小米汤，配个白水饼子的早餐，他叫月亮过江。听着就很清汤寡水。

冬天吃腌白菜。小时候吃洋芋搅团，下饭菜必须是酸白菜。黄芽白菜从大缸里捞出来，热油猛火炒，老远闻见都流口水。唐宋的人们吃不上洋芋搅团，因为洋芋还没有。但菘是可以吃到的，不知道他们炒了吃还是煮了吃。

唐代边塞诗人里，岑参是重要的一位。他在河西走廊逗留时间多。《酒泉太守席上醉后作》中写道："琵琶长笛曲相和，羌儿胡雏齐唱歌。浑炙犁牛烹野驼，交河美酒归叵罗。三更醉后军中寝，无奈秦山归梦何。"

这首诗里出现了烤牛和野骆驼。犁牛是杂色牛，有可能是退槽下来不能干活的老牛或者伤病了的牛。健康牛不会烤了吃。野骆驼倒是很多，我小时候，沙漠里常常可以看见大群的野骆驼。酒泉太守置酒相待，又烤犁牛又煮野骆驼，可见对客人隆重到了什么程度。想来野骆驼也不会好吃，因为太大了，又笨又粗糙。

凉州街巷有卤驴肉卖。老天，我可不敢吃。鸽子也不敢吃，狗肉也不敢吃。有个朋友告诉我，她吃了马肠子。真是难以想象，是怎么吃下去的。

河西走廊的古人也吃沙枣花，《五凉全志》里叫金铃花，说金铃花形似铃而小，故名。开时，香闻数里。我觉得沙枣花是世界上最纯净的香味，一点点甜，清香袭人。

读小学时，每逢沙枣花开，小孩子们都去折枝，一大束，找个空罐头瓶书桌上清供，香味让人沉醉。老师点名，从一束一束的沙枣花后面找出一个个小脸蛋来，眼睛里也是笑意，这些小捣蛋鬼们。

沙枣花饭做法和榆钱饭差不多。将摘来的沙枣花清洗干净，拌上面粉上锅蒸。蒸透之后，搅拌均匀开吃。榆钱饭和沙枣花饭我都没有吃过，我爹不喜欢野味的食物，大概他小时候各种野菜吃烦了。他就喜欢吃干拌面，配上家里种的蔬菜。

一个人的童年，对整个人生影响巨大。我们穷其一生，都在承受童年的种种痕迹，都在寻找和童年和解的密码。喜好也和童年有千丝万缕的关系。

西河人吃沙米，也是古来有之。《五凉全志》记载："沙米，丛生沙漠中，似蓬，色白，叶尖有刺，米藏穀中，雨涝始生。草籽，年饥则充腹。"

沙米是沙蓬草的种子。古时把能吃的草籽都叫野谷。沙米、灰条草籽、黄毛柴草籽，都是野谷。西夏后期，野谷可以充军粮。

沙蓬收割回家后，晒干，棒子猛捶，敲打出来沙米，做成一种吃食叫沙米粉。沙米和粮食一样，耐饥，果腹，长筋骨。

有古籍记载："夏之野，沙中生草子，细如罂粟，堪作饭，俗名登粟，一名沙米。"

沙米晒干，浸泡在凉水里，泡软。铺开麦草秆，倒一层沙米。合拢麦草秆，使劲儿揉搓成细浆，用细箩滤。滤好的浆汁下锅烧开，盛入盆中晾凉。待其凝结，切条切块，浇上油泼辣子、老陈醋，味道鲜美至极，焦香焦香，吃过不能忘怀。

去年在腾格里沙漠边缘的小镇吃过沙米粉，有一丝焦味，很馋人。小镇上一窝一窝慕名而来吃沙米粉的游人，舔嘴咋舌，吃得万分过瘾。其实我是担心的，游人太多的话，会把沙漠吃穷的。沙蓬的草籽，并不多，尤其是天旱的年间。

河西古人也吃沙葱，《五凉全志》提到沙葱。沙米和沙葱应该是凉州多。

沙葱不高，长不到一尺，纤细，柔嫩，一丛一丛生长在戈壁，沙滩，荒沙野岭。沙葱疏疏落落，生长得很零落，不喜欢大片大片挤在一起。葱叶尖而细弱，也抽薹开花，淡紫的，有点粉，有点白，很寻常。

雨水稠的一年，沙葱也稠。遇上干旱年份，就找不到几根。没水，可能怎么活呢。其实我一直觉得沙葱活得很散漫，闲闲地消磨时日，做一些自己喜欢的无用之事。比如开几枝花，在风里晃荡啊晃荡。

若是说到味道之鲜美，沙葱绝对顶呱呱。这样的野味，自有一种天然纯净。沙葱包饺子，不用调料，就一点青盐那就特别美味。凉拌也不错，颜色碧绿，特别下饭。沙葱是人工栽种的，味道比野生的柔和一点，也好吃到停不下来。

我爱吃沙葱拌面汤。干面粉蘸一点水，搅拌成面粒，水开了搅一锅稠稠的面汤，调点切碎的沙葱，一勺麸子醋，清淡暖胃。

古人说，草衣木食。编草为衣，以树木果实为食。这是一种清贫但格调相当高的生活。不过，古时的乡野人家，食草的时候多。各种野菜不都是草嘛。是草木保管着大地，养活着我们的光阴。

饵糕、野菜、面片、胡饼、汤羹，是光阴的小舟。我们搭乘这叶小舟，想返回唐宋的某个时分，看看祖先被风沙和时光包裹住的日常光阴。那光阴淡淡的，温暖的，苍凉的，让人忍不住想拥抱。

古浪八步沙

我说了很多次——那时候，我住在腾格里大沙漠
边缘的一个小村庄。我一遍遍地絮叨，不要厌烦，至
少让人家把话说完嘛。可是，沙漠的话，是能够说得
完的吗？

不过，腾格里大沙漠好端端地杵在那里，并不是
为了给我啰唆的。它是风的老巢、沙的老窝。动不动
要刮老黄风、老黑风，吞噬掉庄稼村庄，直刮得穿墙
破月，天昏地暗。尽管如此，沙漠边缘的村庄还是要
生存下去，庄稼还是要种，一辈辈的人还要活。虽然
活得有些悲壮。

在腾格里沙漠南缘，有个地方叫八步沙，距离我
的小村庄并不是很远，骑着骆驼走半天也就到了。以

前根本没什么汽车，进沙漠全靠骆驼。没有骆驼？那你走着去好了。

八步沙有六个老汉，天天看着黄风呼啸，嘴里嚼着沙子，眼睛里揉着沙子，脚底下绊着沙子，好气呀。沙子乱窜，庄院墙都被埋了，不要说庄稼。狂风肆虐，日子过得沙尘扑扑。六个老汉痛定思痛而治沙。都是倔脾气，脖子里青筋直竖，头发梢子也竖着，他们背起铺盖卷儿进了沙漠。

地窝子、干打垒的屋子，粗疏地杵在荒野里。远离人烟，孤独且凄寒。孤岛上的苦行僧，大概也就这样吧。这样一把年纪，须发苍白，城里人在保养，跳跳广场舞锻炼身体。可是八步沙的六个老汉却不能有半刻消闲。他们一遍一遍问自己：哪里是我的立足之地？哪里是我的家园？是八步沙，还是八步沙。

沙漠是暴虐的，和它对抗，很难。但是顺着沙漠的毛捋捋，它倒也听话，还能捋出一些绿意来。六老汉艰难地摸清了沙漠的脾气，一点一点种上了榆树、桦棒、柠条、沙拐枣……

植物有植物的厉害之处。一旦在沙漠里蔓延生长，便成了气候。潜伏在沙丘上的植物，枝枝蔓蔓伸出十万个小巴掌，一个嘴巴、一个嘴巴很有耐心地抽打风沙的胖脸，顺便把它的骨头撕软，直到它消声无息肿了脸溜走。

人顺应了自然，植物顺应了沙漠，相持，相处。六个老汉摸清了沙漠的脾气，知道哪些沙生植物和沙漠相生相克，知道哪种植物喜欢沙湾，哪种又喜欢沙梁，哪种在沙滩盐碱地里长得好……这样，大批的草木被六个老汉背进沙漠里，一棵一棵种下去，浇一瓢水，看着它们蓬蓬勃勃生长。

我们到达的时候，是上午十点多。大漠的日光直直射下来，遍地大蓟泛着灰色，枝叶蔫卷，拖着孤直的影子看着我们。远处可见的榆树，巨大的树冠高高撑起来，落下一地树荫。

你好像很喜欢沙漠啊？有人给我说。

那是当然。我离开沙漠很多年了，乍然又见，忍不住心生欢喜呢。

不远处路边有个小院，空无人影。房屋低矮，垂着的门帘很破旧。大概是六老汉最初进沙漠的栖身之地。门前是沙子，干干净净的沙子，鸟鸣声从什么地方传来，落在屋顶。大千世界，漠漠荒野，几间小屋，点起一豆灯火。以静制动。六个老汉一起饥荒，一起吃苦，一起在黄风黑风里劈开一条绿色的小路。

其实他们连地窝子都住过。沙尘暴一起，飞沙走石，风的尾巴在地窝子顶上呛啷啷拖过去，沙土簌簌往下坠。狂风直刮个天翻地覆，黄风拔草木，拔出来他们刚栽好的苗木一脚踢到远处。黑风卷砂石，也掘沙丘。一场风落去，他们找不到栽好的树苗——连沙丘都不见了，被夷为平地，平地也被揭走二寸深的地皮。一根树苗也不见，万箭穿心而过。老天爷呀。他们肯定是痛恨狂风的。恨不过，就接着栽。栽，栽，栽……

喝了风沙喝尘土，茫茫荒野，再喝一口远离人烟的寂寥。沙子从舌根启程，一站一站到达鼻尖，到达额头，遍布全身。六个老汉彼此望望，土眉沙眼窝。衣襟上、头发上沾满沙米的刺、大蓟的刺、骆驼蓬的刺、沙枣树的刺。沙生植物都是带刺的。它们带刺的原意，是要保护自己，是要节约水分，不是攻击谁的。它们不过是大地上最卑微的草木，生长在最贫瘠的土地上，绝无攻击心。

六个老汉抖掉身上的沙土——可是沙土是能抖完的吗？不过是这厢抖去，那厢又附着而来，黏糊不散。脏吗？沙子是干净的，心灵更加干净。你在城市鲜衣怒马，我在沙漠跌倒爬起。我匍匐在地，心甘情愿。我能听到大地的心跳，渐生敬畏。是的，沙漠告诉大地，狂风告诉草木，我是高贵的，顶天立地的。我吼一声，万壑有回应，十万草木有回音。

一蓬草，一棵苗，长，长，长。几十年过去了，风呼沙啸的几十年啊，苍天呐。八步沙，崭新的沙漠绿洲呼啦啦站起来，头顶天脚踏地，迎风飞扬。外人只是想想这干渴的几十年岁月，亦是万箭穿心而过，多么煎熬的坚持啊。当地人心疼地说，八步沙绿了，六老汉的头白了。这满头的白发，是菩萨的光芒。

他们说，我将随草木而安。

一个人一辈子到达的地方是有限的。祖国如此辽阔，山水千重万重，你走得完吗？看得尽吗？我想我是幸运的。我在这样一个日光明媚的时分，走进了腾格里大沙漠的领地。纵然不能种下一棵草木，只是慕名而来看看也好啊。沙漠拒绝看客，但一定不拒绝我——那时候，我住在腾格里大沙漠边缘的一个小村庄。无数次重复的话语里，有我的深情，也有我的孤寂。

我想我这样孤独倔强的性格，可能来自沙漠。我只是个渺小的个体，沙漠才是我浩瀚的背景。

一个瘦瘦的、目光慈和的庄稼人迎接我们，他是当年治沙六老汉之一郭朝明的儿子，二代治沙人郭万刚——世上既然有"富二代"，那也就有"治沙二代"。父亲走了,儿子接替治沙。沙不退,我也不退。话虽这么说,其中的艰辛和清苦,是能说得清的吗?

郭万刚领着我们走进沙漠深处,看沙窝里的柠条,沙梁上的榆树,沙坡上的桦棒。一路看过去,草木们开花的开花,撒叶的撒叶,漠上繁花似锦。桦棒开紫色的碎花朵,淡雅干净。柠条的花也小,薄薄的,似乎吹口气就化了。沙拐枣开着绯红的小花,一粒粒,像绒球一样,晃荡,晃荡,晃荡。

站在很高的沙丘上看很远处,是黄莽莽的绝地,没有生命的气息。却原来,远方没有诗,只有黄沙。沙丘接着沙丘,绵延到天尽头。这绝地,就是腾格里大沙漠。死寂,恐慌,只是看看都相当压抑。不由感慨世界上委实充满了各种各样的艰难。没有水,是沙漠致命的缺陷,叫人绝望。

倘若把一群人请进这绝地里去生活会怎样呢?一旦进入沙漠,外观上就分不出高贵还是低贱,分不出有钱还是没钱。全都一样,晒得黝黑,嚼着干粮,满嘴的沙子。晚上趴在沙窝子里,点一盏油灯。无非这样罢了,还想着洗脸?那也太奢侈了。

刚开始治沙,到处苍凉荒芜,就和你们看到的远方一样,根本没有草木。郭万刚轻淡说道,刮黑风的时候,铺天盖地的沙子,凄凉而惊心。最早种下的榆树,几十年了,它的根系深扎到地层二十多米,耐旱能力极强。

他说得风轻云淡,不提吃过的苦,受过的累。他只说他的草木,看着草木的样子,目光柔软,像看着亲人。

我转到一面大沙梁的后面,沙梁下是碎石满地的一块荒滩。荒滩里亦种了柠条，不是很高，被日光晒得枝叶卷起来。柠条根部围起一个小窝窝，是浇过水的。现在被太阳晒裂了，张着干渴的嘴。这里是沙漠深处，车根本开不进来，想必是治沙人一桶桶提水来浇灌的。治沙人的辛劳程度，可想而知。

沙梁上风飕飕刮过来，风是清的，被草木滤去浊气。大片的榆树，枝繁叶茂，看上去很有些年头了。树一旦长成这个样子，就很难枯死，它浩浩荡荡的根，会把地层深处的水分提上来，分枝散叶，从容过日子。

我们像一群被轰进沙漠的小鸡，散漫在沙林里，低头觅食。沙漠里的寂静是巨大的，那种空荡荡的感觉，把人内心的一点安然慢慢挤走，剩下偌大的恐慌，令人心怵。若是独自来此，肯定待一会儿就狼狈逃窜了。逃得比沙狐狸还要快。可是治沙人，年年岁岁都守在沙漠里，不离不弃。

世间有些事，很难遂意，比如风沙苍茫里的村庄。不过，正因为有太多力不从心的事情，才能称为生活。也正因为碰上种种艰辛，才得以成全治沙人的人生价值。他们是庄稼人，却有君子情怀。他们遵从内心的信义之道，有筋骨有气魄。他们把千万草木种活在沙漠，沙漠里万壑响着坦荡回声。

几万亩的沙漠草木葳蕤的背后，是近十万亩农田得到保护，铁路和公路得以畅通无阻，远远近近的村庄安然无恙，不再被风沙吞噬，不再背井离乡漂泊远方。六老汉的名字，实在应该镌刻在石头上。他们是朴实的中国农民：郭朝明、贺发林、石满、罗元奎、程海、张润源。

倘若八步沙的风沙口一旦豁然洞开，沙尘暴将越过乌鞘岭，长驱直入。你能想到的地方，沙尘暴都可以抵达。千里河西走廊，还有很多六老汉一样的治沙人。因着他们的苦苦坚守，你才有个风清月朗的小时光。

八步沙，八步沙。而今，狂风的咆哮换成低吟。十万草木，妖娆的、袅娜的、阳刚的、豪气的，齐齐拿出主人的架势，号令季节，变，变，变。绯红的、紫红的、淡蓝的花，开，开，开。

远处潜伏的黄风，你曾经捉住我，拔光了我一身草木做的羽毛。现在，我要把羽毛长得缸一样粗、椽子一样长。你的侵扰干不过我的坚持，我的清凉医治尘世的浮躁。你的喜怒无常干不过我的枝叶蔓蔓，我的坚韧破解你的极端——曾经大风揭走屋瓦，曾经清霜冻死野羊，曾经酷热晒焦石头。

漠上繁花似锦。坐在草木拂拂的沙滩上，扭开一瓶纯净水，接住这人间清凉的琼浆玉液。躬下身，目送一粒黑色的甲壳虫远行。若是一定要我说出什么最美的，那绝不是风景，绝不是。

老虎口，朝阳穿透土拨鼠的洞穴

治沙本身，就够偏执的。你想，在浩瀚的大沙漠里，在风沙口治沙，想来不切合实际。你就听听这个名字——老虎口。老虎口的风沙有多大呢？天地之间，就塞着一股子风，沙丘整座整座漂移。今天你见到一座沙丘，明天就到了百里之外。很正常。

世人都觉得偏执不好。实际上，这种偏执至今仍然是一种根深蒂固的治沙理念。不偏执，连一棵树苗都栽不活。偏执不一定不好。整整十万亩沙漠啊，一棵一棵种过去，一瓢水一瓢水浇过去，看着它们成活，抵住狂风，锁住风沙。没有这种偏执，老虎口的沙漠怕是早就吞噬了民勤大地。

我便是个偏执的人。虽不觉得偏执事事都好，但要做成一件事，有点偏执也是不错的。

没有到过老虎口，你绝不知道大千世界竟然有如此糟糕的沙漠地带——不能张嘴，一张嘴，沙子便顺势灌进来。连笑也要捂住嘴才行。这是天晴日朗的好时分，只刮一点点风。若是起了老风，结果可想而知。唯一的救星，便是植物，确切地说，是梭梭。

真是奇怪，老虎口这地方，就梭梭长得好。柠条啦，桦棒啦，沙拐枣啦，都不如梭梭皮实。梭梭一旦种活，便把根深深扎下去，风沙揭走一层地皮，它的根再往下扎一尺。最深的梭梭根，可达几十米，一直抵达底层深处。地层深处有什么？有水分。活命的水分。

老虎口的沙滩上，随处可见倒伏在地的梭梭，根裸露出来三四尺，寡白寡白。梭梭身子伏在沙地上，叶子依旧绿，枝条依旧柔软，活得很好。爬着也没什么，不过是换了个生长姿势而已。梭梭这东西，也是偏执的。

最高的梭梭，一人多高，怕是长了十来年的。树皮被风撕扯得破破烂烂，卷了边，缩在树干上，死活不卸。枝条得一点雨水，发疯似的长。沙梁上的梭梭，几乎都躺着，耗尽体力的样子。枝梢绿着，喘着粗气。平地里的梭梭都直竖竖地站着，石青的颜色，纯朴，吃苦耐劳，活得铁骨铮铮而有高密度的信念。一眼望不到边的大漠里，千万棵梭梭挺直腰板，枝叶炯炯发光。

也不知道老天爷是怎么想的，同一时刻，南方大雨倾盆，雨水多得成了灾。而民勤的沙漠里，天空晴朗得简直叫人过意不去。就算把眼珠子盼蓝，一点雨都不曾有。干旱，干旱，干旱。

没有雨水，梭梭也挣扎着活，而且活得不错。十万亩梭梭上空，刮来阵阵清风，飒飒作响。梭梭的叶子、枝条，撞击在风梢上，发很奇妙的声音，像千万匹马从大野里奔过来，声音渐远渐近，捕捉不定。那声音有时很急促，节奏相当快；有时又舒缓下来，簌簌的，有条不紊。沙子敲打在一层一层的枝叶上，短促明快，声音凛然而空旷，似乎蕴含着来自腾格里大沙漠深处的某种生命密码。清风从沙丘上掠过去，从沙滩上扫过去，那是一种奇异的、轻快的声音，说不准确，有点震颤，有点沉默，有点飘忽。

这是治理之后今天的老虎口。同行的摄影师说，十几年前他来老虎口，黄风压得人站不直。顺风走，被大风拎着一路小跑。逆风还想走？那不可能，走一步退半步，眼睛直接睁不开，在黄风里瞎摸索。

民勤人的治沙，简直是惊骇式的。先压沙，不然树苗会被老风抬走。压沙用麦草、葵花秆、苞谷秆。先在沙地里刨出一条沟，麦草站着栽进去，葵花秆、包谷秆睡着栽进去，都栽成田字格。这叫压沙"草方格"。相对而言，麦草用得最多。

天地之间，栽出一张巨大的草格子网。"草方格"一点一点向沙漠腹地延伸，老虎口的角角落落里都是亮得刺眼的"草方格"。十几年的光阴，整整十万亩啊。惊天动地的草格子，一浪一浪扑向沙漠深处，简直震撼至极。天底下，民勤人的吃苦精神也是数一数二的。

一个春天的"草方格"栽下来，治沙人都熬得黑瘦，几乎瘦得咯嘣咯嘣响。烈日晒，黄沙打，高强度的劳动，中午就在沙漠里吃简单的午餐，能不瘦吗。

铺好的"草方格"，黄风吹呀吹呀，沙子都拥挤到麦草上，方格子中间陷下去一个窝窝。好啦，等的就是个窝窝。治沙人刨开"草方格"中间的窝窝，种下梭梭苗，顺手浇一瓢水。

一个方格，守着一棵弱苗。沙漠的气候，早晚温差很大，有返潮性。从日落到清晨，潮气非常重。扒开干沙一两寸，底下是潮湿的沙子，水分足够。梭梭借助返潮的湿气，安然扎根生长。

民勤人年年岁岁栽"草方格"，年年岁岁种梭梭。至今，老虎口十万亩梭梭已经形成强大的沙漠防护林，扼住腾格里大沙漠曼延的爪子。

我们在清早六点多走进老虎口的梭梭林。沙漠的太阳又圆又大，车轱辘一般。阳光滴在沙滩上，金黄金黄。梭梭林里有各种动物的踪迹，几瓣裂开像花朵的、紧凑得只有一点的鸟儿的爪印和甲壳虫的足迹……但最多的是沙老鼠的爪印。沙滩上到处是沙老鼠的洞穴，它们很恣意，根本不用掩饰，就那么大大咧咧掘土挖洞。

我在沙地里走来走去，动不动就踩塌沙老鼠的洞穴，脚陷进沙子里，唬得惊叫。它们在地底下掘出一张巨大的网来。

越往梭梭林深处走，沙老鼠的洞穴就越多。很多一人高的梭梭都枯死了，干巴地杵在风里。这都是沙老鼠祸害的。沙滩上随处可见死了的沙老鼠，有半个猫儿大，尾巴老长老长，毛也长，看着真是恐怖。这种老鼠，大概是土拨鼠的一种。沙老鼠的牙齿生长速度很快，必须经常咀嚼纤维质高的食物磨牙。否则的话,牙齿太长了,嘴里放不下,怎么吃东西呢。梭梭根是沙老鼠最好的磨牙零食。它们不停地打洞,打到梭梭根,咬断细嫩的根茎,扬长而去。它们似乎并非是用牙齿来毁掉梭梭,好像在以整个灵魂破坏草木的根系,实在太猖獗了。沙老鼠这儿那儿四处流窜,不停地打洞,又不停地咬断树根。

治沙人辛辛苦苦栽活的梭梭,风沙没被毁掉,倒是被沙老鼠咬死了。沙老鼠有天敌吗? 有。鹰、狐狸、蛇和野生猫科动物。但是沙老鼠的繁殖能力强大得简直难以令人相信,天敌又少,根本降服不住。

种活梭梭难,保护更难。

林区的工作人员告诉我,他们现在试探一种办法,用骆驼护林。骆驼蹄子又厚又大,踩在沙地上面积大,能踏塌沙老鼠的洞穴。虽说沙老鼠打洞的本事很大,但总是被骆驼踩踏,也能阻断一部分伤害。另外梭梭长到一定的高度,就需要修枝减叶,不然梭梭也会枯死。骆驼高,只吃梭梭枝条梢的嫩叶,这样刚好可以人工弥补修剪的不足,促进生长。

依照古人的说法,植物长到四五年,枝叶若是一点伤害都没有,就会昏睡过去。此时,要修剪枝叶,目的是要惊醒它。因为枝条有了伤口,昏睡的植物感知到疼痛,就会全力以赴修补伤口,替生出新的生长因子,反而生长得愈加好。

不过,骆驼不能多,一两匹足够。多了,梭梭就要被吃光。骆驼也是很能吃的动物。想想它巨大的肚子。

在一个很高的沙丘上,有一行爪印,很清晰。那爪印比兔子爪印大,比狗爪印小,深深嵌入沙子,一直伸到沙丘背阴处去了。大概是沙狐狸吧。不管怎样，还是期望沙狐狸多些，能够吃掉一部分沙老鼠才好。

老虎口的清晨，阳光金黄得滴水，鸟儿站在枝头纷乱啼叫。它们藏在远处，只闻其声不见其身。鸟叫声听上去很忙碌，像要急着去做一件事。但一直不间断地叫着。沙漠里干燥的空气被鸟叫撞碎，十万棱棱张开眼睛。沙老鼠躲在深洞里，抱着沙子熟睡。

棱棱林子有一条小路，拿来散步真是好极了。偶然踩在路边的杂草上，心里一疼，觉得对不起它。人在大自然里，所见所闻，总会触动内心。

读到一句话：沙漠里什么都没有，沙漠里什么都有。想了很久。

给我一棵苗，抵住千里沙

似此才称汗漫游，今人忽到古凉州。笛中几句关山曲，四季吹来总是秋。这是清代李渔的诗《凉州》。那时节，凉州的名气足够大，李渔慕名而来看看这塞上名城。告别时，友人送他一大团乱头发，李渔大骇。却原来，乱头发是凉州上品的好菜，叫发菜。友人知道李渔原本也是个吃货，才送他头发菜的。

发菜长在哪里？凉州城外的沙漠里。如今，已经很难寻了——怕有人跑到凉州来耙发菜，趁早儿告知。

出凉州城，向东走，是腾格里大沙漠。我们到了长城乡红水河岸庙儿墩滩的治沙英雄王天昌老人的家。老人是个沙漠斗士，整整十八年，耗在沙漠里，义务栽树。自己栽也就罢了，他还把全家人都拉进来栽树。他的儿子王银吉，全国劳模，很憨厚朴实的凉州汉子。

十年前，我来过王天昌老人的家。十年后再来，老人稍微胖了些，一点没有变化。可见一个人做的善事多了，老天也会感动。他不求回报啊，就一心一意压沙栽树——十八年，一家人种了七千多亩，浩浩荡荡的一片沙漠绿洲。

老人今年七十四岁，还在扛着沙枪刨沙栽树。沙枪是自制的，一头尖，能够刺入沙子一尺多；另一头是铁锨，铲沙子的。苦吗？怎么不苦。累吗？谁说不累。可是，他天天在大自然里，体味到独特的诗意。草木陪着他，虫鸟陪着他，清风明月陪着他。沙漠里清气上升，花香丝丝，老人亲自种出世外桃源来。他的精神，逍遥于超脱世俗的天地。

他的沙漠小院里，种了花草，种了蔬菜。菊花有，牡丹亦有；青葱有，白菜亦有。想来陶瓮的南山，怕也就如此吧？世上所有的真诚，老天都没有辜负。

最初进沙漠，狂风呼啸。沙漠是高傲的王，衣袍猎猎。一枚树苗是王天昌老人对王的献礼。沙漠的王，请收下这枚来自凉州区长城乡红水村的草木，这是一个老人的心意，是一个穷人的献礼！这一枚草木，来自一粒草籽三年的拼命生长。籽原本在枝条上，被我摘下，裹了泥土，裹了草木灰，埋藏在肥沃的土里。它破土，它出苗，它抽穗，十分疲惫。但是王啊，为了能与你相见，它长成苗壮的样子。

今天，我沐浴焚香，素衣布鞋，我以凉州人最高的礼仪，拿出这枚最好的礼物，来呈献与你。从此，我情愿躬了身子，弯腰屈膝，接住你的恩赐。从此，我在沙漠里安家，与你为邻，接受你极端的脾气，顺从你的飞扬跋扈——唯有心愿，请你成全我的草木做你青绿的子民。我是使者，真诚出使沙漠。我只情愿三餐可饱，清水解渴，别无多求。王啊，请你成全我的心意。请把每一株草木当作你的子民，它们可是我的心头肉啊。

王天昌老人就这样住进沙漠。他掘地为穴，像我们的先民；他支起三块石头燃柴煮饭，像我们的先民；他背水跪在沙滩上歇息，像我们的先民。大风拔草木，他在风里追到一棵，握住那棵苗木哭泣。野兔咬死一座沙坡的草木，他勃然大怒，抢起木棍狂追，打死那些祸害。黄风黑风，下土下沙，就是不下雨。他仰头对着天空，老天爷呐，你这风刮得昏天黑地，你这风刮得沙丘崩裂、石头乱飞，你咋就不下一点点雨呀？

先是一点一点，慢慢一丛一丛，渐渐一片一片。沙漠的王，你终于肯接纳我的坚持与真诚。种活的草木，渐渐成了气候，有了绿洲最初的规模。

这一年，他领着一家人要进沙漠栽柠条。十四岁的大孙子病倒在沙窝子的炕上。爷爷，疼啊。孙子呻吟道。他喂了药给孙子，娃娃，这阵子沙地里墒情好，赶着栽完这些苗，就背你出沙漠，去医院瞧病。

老人急着赶墒情栽树，大意了大孙子的病情。孙子得了急病，他并不知道。等一家人风尘仆仆栽完所有的苗木，小孩儿已经病得很厉害了。送到医院，太迟了，贻误时机，大夫没有挽回他小小的生命。孙子就葬在沙漠里。小孩儿在生命的最后，挣扎着说，爷爷，我想看着你们栽下的草木，陪着你们。

苗木没有被耽搁，大孙子被耽搁了。说到此处，王天昌老人失声痛哭，他的眼泪清水一般地淌。这几千亩绿洲的背后，是生命的付出啊。

沙丘之下，一个小小的生命睡着了。茫茫荒漠，大风去了又来。失去孩儿的一家人，失去了心头肉，该是何等的撕心裂肺。一家人哭出泪，哭出血。沙漠的王啊，你不该这样决绝。你该念在我的真诚，念在我的信义，念在我的慈悲，留我一条顶着风沙行走的路啊！我不敢惊动你的脏腑，不敢惊动你的筋骨，我只简单道两个字——种树，在你最肤浅的汗毛空隙里栽树。我们清贫，煮一锅白水面片。我们所有的积蓄都买了树苗，不敢动用大自然赐予沙漠的东西。沙漠里有成片的黄毛柴，我们不敢砍它去换钱；沙漠里大片的水蓬，我们不敢剁下来炼成蓬灰卖钱；沙漠有成片的芦苇，我们不能割下来去换钱。它们，是沙漠的，不属于我们——尽管，都是我们一棵一棵栽下的。可是一旦成活了，它们便不属于谁，只属于大自然。

儿子儿媳没有责怪他。一家人抓起沙子擦擦脸，背起水仍旧进了沙漠，栽树种树。沙漠的王啊，你该看到我的坚持，该看到我执意要做一件事的真诚。

栽树，背水，跟着骆驼风里来风里去。一片一片的沙漠是等待老人认领的孩童，它们在风沙里抖动身子，在乞求，在诉说，在等待，在渴望。一年一年，草木破土抽枝，漠上花开繁密似锦。老人渐渐不再那么悲伤了，一天一天恢复了坚韧顽强。

栽树治沙十八年后的今天，是七千五百亩的沙漠绿洲。老人叮嘱儿子儿媳说，外面来人了，要看看我们沙漠里的草木，你们都要真心真意，水烧好，不要渴着人家。我们不过是种了点树，没什么可得意的。

参观的人来了又去，走马观花，一家人陪着进沙漠又出了沙漠。来学习治沙经验的，老人毫无保留倾囊传授。客人扔下的垃圾，老人默默捡起来收拾掉。老人辛辛苦苦采来籽，找个沙湾试种了几蓬沙葱，长到半尺多高。结果，那天我们进沙漠后，被同行的几位男士拔来就着饼子吃掉了。他们说，真好吃，原汁原味。老人笑呵呵的，一点也没有蹙眉。

夜里，腾格里沙漠深处潜藏的野黄羊就会偷偷摸过来，找草木吃。老人说，它们也饿呀。那沙漠深处是绝地，啥吃的都没有。野兔子照样来咬断柠条的脖子；沙老鼠在芦苇丛里打洞；野鸡把自己的一身羽毛抄袭成草木沙砾的颜色，悄悄躲在草丛里孵化小鸡；蛇把自己盘起来，使劲儿往沙子里陷，慢慢地陷进沙子，伪装起来，只露出头，伺机扑咬过路的小动物；刺猬把自己吹成皮球，咕噜咕噜从沙梁上滚下；沙狐狸也拖着尾巴出没在沙芦苇荡里，抓野兔子果腹；夜猫子晚间出来找沙老鼠，抓到一只惊喜得呱呱大叫；獾猪低声哼哼，长嘴巴拱来拱去，偶尔发现一只鸟蛋，一口吞下；土狍子也躲躲闪闪进了林子来寻食，藏在桦棒丛里，眼珠子滴溜溜乱转；秋天南飞的大雁夜晚悄悄落在柠条林子里，掏开苦豆子的根寻黑色的甲壳虫吃……

沙漠里的一切，都瞒不过老人的眼睛。他笑呵呵的，看着草木荣了枯了，看着鸟兽躲来躲去。他只恨沙兔子，这贼货对草木的破坏简直致命。连沙老鼠都可以原谅，尽管它们不断咬死树木。其余的小动物们，老人怜悯它们。每个生命，都活得不易。他和那些小生灵们相互慰藉。

每天清晨，他拎着栽树的尖沙枪，在沙漠里巡逻。小生灵们都认得他，远远儿看见，悄悄躲起来。老人假装不知道，飒飒从林间走过。沙蜥蜴卷着尾巴乱跑，并不怕他。鸟儿在枝头吃虫子，腾出嘴来叫几声。他喜欢。人在大自然里，周身舒坦，生命的律动都在一草一木中跳跃。

石青绿的枝叶，姹紫嫣红的花朵，他在盛大的草木间行走，行走在他的草木江湖。沙漠的王啊，这十万草木，都是你的子民。我不过是个使臣，来完成自己的使命。王啊，你该是欣慰的吧？

老人守着几千亩的沙漠绿洲，万千财富，却过着清贫光阴。他喜欢弹三弦，一只自制的三弦，弹了四十多年。每每有客人来，要求他弹弹三弦，想听听原汁原味的凉州贤孝。老人低头笑，半天说，我那个三弦，都弹成个黑糊糊了，太寒碜了，拿不出来，怕大家笑话。

一把三弦，能值多少钱呢？但他舍不得换。能省的，他都省下，省下钱来买树苗。一家人吃穿，都极为简朴。煮一锅揪面片，调进自家种的青菜。老人说，实在香极了——世间难得的美味啊。

那天，老人执意要给我们做一顿饭。我们执意不肯，自己带了吃食的。林子里，坐在沙滩上，我们打开食盒，就着花香鸟鸣吃午餐。老人靠在一棵榆树上，嚼一块饼子和半块煮熟的洋芋。他靠着树的时候，有些疲惫。那一刻，他是一个全身关节都在疼痛的老人。那一刻，他还原了自己，不再硬撑着，不再坚强着。他的疼痛，他的劳累，他常年清贫的光阴，都在刹那呼啸而过。

是的，仅仅是刹那。只要站起来，老人依旧飒飒风姿，走路快得我们追不上。一个人活到这样坦荡的份儿上，若说是佛，也不过分。他说，林子里的风真是清啊，有草木的味道哩。他指给我们看很远处裸露的黄沙，打算把草木慢慢蔓延过去。老人看沙滩，看到的并不是沙滩。他看到，这儿是一片柠条林，那儿是一片桦棒林。沙梁上该是榆树，沙湾里该是芦苇，他都了然于胸。荒芜不过是暂时的，很快，他的草木就会占领那些光秃之地。

老人别无所求，不过是庄稼人一辈子的本分，坚持做一件事——止恶生善，止沙生草木。我们常常说境界，老人治沙，能在空旷之地看出草木连天，这是大境界，亦是大慈悲。千帆过尽，过尽人间千重艰辛。十万草木葱茏，它们穿风破沙而来。

汉武帝说，河西走廊西边，还有许多国家，大月氏、安息、车师、龟兹、楼兰……想想都很遥远。

张骞说，世界那么大，我想去看看。

汉武帝说，那你去吧。回来时别忘了带一张西域山河地形图，有水草的地方都详细标记。如果有可能，再带回一些异域的植物种子。

张骞骑马，绝尘而去。西域是一个魔幻的世界，充满了不可预测的未知。西域似乎是世界尽头，摆脱了时间，摆脱了大地的吸引，让张骞痴迷神往。

汉武帝遇见张骞，乍一看纯属偶然。然而并非如此。世界上就有这么一种人，头脑冷静，胸怀大志，既务实又有冒险精神，关键时候老天还能帮他化险为夷。张骞显然就是。他读了万卷书，想走万里路，恰恰遇见汉武帝。事实证明，汉武帝和张骞的相遇，几乎就是神灵的启示。

张骞是什么季节进入河西走廊的？从哪个地方进入的？有没有经过我家门前？每次读张骞，我总是有一种海市蜃楼般的梦幻感——

大风刮过河西走廊，窄小的街道，半穴半屋的黄土泥巴房子，矮矮的，一半露出地面，涂成赭色或者白色的。匈奴人喜欢什么颜色？白色还是赭色？张骞不知道，我也不知道。

小户人家，门前开满了高耸的鹅掌楸，树枝子篱笆墙围着大丛的紫露草。大户人家的李树从墙头冒出来，像一朵绿色的云朵降落。自由披拂的忘忧草，就在路边招摇，黑刺朝气蓬勃，楼斗菜伏地而生。

异域风情一下子把张骞震撼到慌张的境地——这么美好植物，可惜不能统统采撷种子。只恨没有邮差，寄到我长安去。

有一户显赫的人家，石头墙，青砖屋，厚重的木头大门似乎坚不可摧，城堡一样。沿着院墙种满了高大的胡桃树，墙头上卷柏贴着石头缝隙生长。这种粗犷的肃穆触动了年轻的张骞——石头和青砖妥协于树木，让人相信，能攻克坚硬的，不是坚硬，是植物的柔软。匈奴人喜欢把植物接回家中，接回街巷，而不是把它们驱逐到大野里。虽然街巷一点点往外扩张，但植物依然笼罩着土木建筑。

他想象中的河西走廊是乏味干枯的，到处飞沙走石，荒无人烟。然而事实绝非如此。他看到了许多没有见过的植物，散发着古怪诱人的魅力，简直难以置信。

不可避免，张骞遇见了匈奴人——宽额，浓眉，目光狂野而有神。厚唇，阔耳朵，打穿耳洞，挂着耳环。他们有的穿着粗糙的褐衫，有的穿着破旧的旱獭皮袍子，袖口和裤脚处用带子扎紧。鞋子是一块牛皮撮在一起缝制而成的。他们的身上散发着大自然的味道，牛粪味、青草味、野花味、烤肉味，还有汗味。

张骞和匈奴人对视，然后各自走开，仿佛老虎遇见狮子，两下里都掂量一番后，并没有击掌问好。

张骞看见了一种白秆青穗的草，草茎上拴着青线。他的随从——匈奴人堂邑父说，匈奴人出征前，会预感到厮杀带来的苦厄，预感到出征带来的灾难，所以借助这种被称为神草的白秆青穗草，举行辟邪仪式，妄图降低征战给自己带来的苦楚。他们相信这种植物是继承与回忆的衔接点，是人和神灵沟通的信使，能把他们的祈求传递给神灵，祈求神灵的护佑。

匈奴人有个习俗——大规模祭拜苍天。张骞相信，相比于尚存之物，匈奴人更加高看未知领域。他们嗜好厮杀，却无法把握未来的生活。他们对彼世充满了想象，却对此世的种种粗陋淡然看之。这就是真实的匈奴人，他眼睛里见到的异域。

有人说，活着意味着，将经历失去。可是张骞面前的河西走廊，是一个令人不安，却又如神谕般预言的美好呈现。他失去的只是时间，植物种子不会失去——终究会有一日，种子抵达长安，落地生根，开花结果。即便前途不可预知，他也绝无悔意。西去向苍茫，走出河西走廊。

拎着羊皮水囊的匈奴人走在窄窄的街巷，回头一望，看见了一行身穿青色麻布衣袍的人。咦？他们从哪儿来？褐衫不穿，羊皮袄不穿，牛皮靴不穿。呃，他们匀称的身材，面部线条柔和，黑眼睛、黑头发，嘴唇薄，目光犀利，却又有一种来自远方的傲气。非我匈奴人矣。

他立即给部落酋长捎去口信：乌籍都尉，我看见许多骑马而来的布衣人，捋我草籽，勘察我地形，速来。

我不知道张骞有没有经过我家门前。我家门前开满了绿绒蒿娇柔的花朵，颤巍巍的，绸子一般。我家门前还有一大片马莲花，如果六月，张骞恰好走过我家门前，那片梦幻般蓝的花朵一定会让他惊骇，那种美一定摄人心魄。他会采走绿绒蒿和马莲花的花籽，捎到长安城汉武帝的御花园。

但是我知道，张骞不是在我家门前被匈奴人抓获的。他们说，那个地方叫扁都口，离我家有点远。但是我知道，他不是在扁都口遇见匈奴骑兵的。古时候的车马邮件都很慢，那个我想象中的乌籍都尉收到口信的时候，已经过了好多日子，张骞已经进入河西走廊最深处。他是个狂热的植物猎人，不会轻易就被匈奴骑兵抓获。

是西域点燃了张骞的激情，是植物激活了他内心的疯狂，他的激情甚至会战胜所有的困难。我一直认为，张骞是个植物迷，是个地道的植物猎人。至于军事目的，是每个植物猎人与生俱来的秉性。

司马迁看重张骞的军事行动，认为他最大的贡献是"知水草处，军得以不乏"。而千年后的李时珍，才是真正懂得张骞的人。两人隔着重重时空相遇，李时珍在本草纲目里，一笔笔记下：苜蓿原出大宛，汉使张骞带回中国……汉使张骞使西域，故名胡瓜……张骞使西域，始得种归，故名胡荽……

我觉得，每写一笔汉使张骞，李时珍就会热泪盈眶，恨自己没有生在大汉，和张骞相遇，把酒话桑麻。

司马迁的侧重点是人和人的关系——人类杂乱地拥挤着，人类继承了过往种种复杂，征战，摧毁，掠夺，各种阴谋阳谋，尔虞我诈。他更在意过去，在意已经发生的事情。至于未来，从人性来说，无非就是重复过去。他已经把人性看得透透的，无须多言。他留给后世的，是记忆和参照。

——历史必须是有盛有衰，有分有合，有来有去，有高峰有低谷，有聪明绝顶，有昏庸无道，这是历史遵循的叙事轨迹。在他看来，古往今来，无非就是人类推着历史的时间轴吱呀呀转动。

可是，李时珍只研究人和植物的关系。他在意过去，但更多的是在乎未来——他的本草纲目，就是为了让后世之人活得舒服，不受或者少受疾病的侵袭。他的叙事方式很平和，植物有来源有去处，有君药有臣药，有良药有毒药。草药不是江湖，草药路过人类的全世界。

自然，李时珍注意到植物猎人张骞。因为植物，是人类生命存在的必然条件。没有司马迁，历史的记忆会断裂。没有张骞，植物的未来就会残缺。在司马迁眼里，光阴是一连串的年份表。在李时珍看来，光阴里长满了草，张骞在西域的荒草里劈开一条路回家。英雄路过的时候，隔着千年时光，他坐在路边鼓掌——张骞，你是条汉子。

当然，当时的张骞，可没想这么多，也不知道重重光阴之后，会有一个他的灵魂知己叫李时珍。张骞潜入河西走廊，他的心一直悬着。匈奴人幽灵般地尾随而来，在河西走廊，他们不可能不在场。稍有风吹草动，他们就风一样刮过来。

张骞可以预料到，他们已经被匈奴人发现。他知道通往西域的道路上充满了艰难险阻。他们必须离开大路，退到荒野里，在根本没有路的地方昼伏夜出。乱蓬蓬的灌木丛、砂砾、乱石，狼、狐狸、蛇，天气动不动骤然变化，张骞看到了河西走廊的另一面。

他们不敢生火，火焰会招来匈奴人的追踪。难以忍受的是荒野里的干渴和饥饿。一行人极度疲惫，夜晚摸黑走路，而白天，太阳晒在戈壁荒滩，强光刺痛他们的眼睛，晒得让人头晕目眩。无论多么艰难，张骞对河西走廊充满了无限的好奇和探究。远山、树林、河流、戈壁、荒野、庄稼、牧场，他们继续西行。

张骞的向导和翻译——匈奴人堂邑父，凭借熟悉的地标，带领大家不停地走着，张骞把沿途遇见的植物记下来，绘制羊皮地图，把遇见的水草处详细标注到地形图上。

随从们躲在荒野里，张骞和堂邑父装作匈奴人的样子，混到村庄或者街巷去购买食物。张骞势必会引起匈奴人的注意——他长得风度翩翩，谈吐不俗，在诗经汉赋中熏陶出来的儒雅书生气质掩饰不住。作为汉武帝的使臣，他绝对无比出色，在人海里一眼就可打捞出来。

早在出使西域之前，张骞已经做好了最充分的准备——他有健壮的体魄，懂得匈奴语，熟练掌握野外生存的技能，会观星象，深谙地理，懂得军事外交，农事桑麻不在话下。总而言之，张骞绝对是个饱学之士，而且擅长社交，喜欢探险。

他对匈奴人的了解，也不仅仅限于民间传言——"匈奴人不洗澡，不换衣服，鞋子穿到破烂不堪才脱掉。他们会走路就会骑马，像膏药一样贴在马背上。他们打仗没有阵法，时而分散，时而聚集，来如风，去无踪，杀戮劫掠一番后又迅速离去。"堂邑父早就告诉他，匈奴人并非如此鲁莽，而且非常聪明。

　　然而河西走廊就是一条狭长的走廊，最窄处连对面的人穿什么样的衣袍都看得一清二楚。无论怎么躲避，怎么谨慎小心，人马都在逼仄的走廊里迂回，被匈奴人发现还是很容易。

　　匈奴人的骑兵终于追上了张骞，顺便把他交给军臣单于。

　　两人的对话很有意思。

　　军臣单于问，告诉我，你来匈奴的理由。

　　张骞回答道，我原本就是奉命出使西域大月氏，路过河西走廊而已。

　　军臣单于说，瞧你说得好轻松。大月氏在我国北方，不经过我同意，你擅自闯入，我能让你大摇大摆通过？想想看，如果我派使臣去你们汉朝南边的南越国，汉朝能让他们通过？（"月氏在吾北，汉何以得往？使吾欲使越，汉肯听我乎？"）

　　我能想象到张骞辩解。

　　他说，我只知道河西走廊住着大月氏，所以才来。我哪知道他们已经西迁，河西走廊完全被你们匈奴所占据？按理来说，河西走廊还是大月氏的故国，我不算入侵。

　　军臣单于笑了笑，大月氏的故国？得了吧张骞，大月氏在河西走廊已经消失，灰飞烟灭，被我清除驱散了。你也别做梦跑到西域大月氏，联合起来给我背后插刀子。我的意思是你必须归降匈奴，带领我的兵马去攻打汉朝，我会给你荣华富贵。

　　张骞也笑了笑，汉朝的富庶和文明程度是你所不能想象到的。我能从汉朝的繁华里抽身出来，会稀罕你这荒蛮之地？你不懂我，我的内心燃烧着探险的激情，我知道自己面临巨大的危险，但我无法降服

201

自己狂热的内心，所以才千里迢迢出使西域。世界这么大，我想来看看。

军臣单于说，汉朝那么大，那么繁华，我也想去看看，可是我能想去就去吗？

张骞回答道，如果你做了汉朝的女婿，可以去随便看看。

军臣单于茅塞顿开：既然这么说，那你做匈奴的女婿吧，让你看够外面的世界。

——如果他们还说了什么，肯定是我想象力不够。我只能猜测这么多。

虽然张骞和军臣单于的性格迥异——张骞谦虚能言善辩，有学者气度又宽厚仁义，不背叛，不改气节。但军臣单于还是留下他，让他生活在匈奴。

不能不说，张骞的人格魅力真的挡不住。军臣单于也绝非昏庸之辈。即便后来张骞逃跑后被抓回来，匈奴还是没有杀他。在张骞来说，是吉人天相，纯属老天帮忙。在匈奴来说，是惜才——这样的饱学之士，几百年出一个，倘若杀了老天会生气。匈奴人怕天，不怕人。

那么，张骞到底被软禁在哪里呢？我觉得不是匈奴王庭，应该是在河西走廊。想想看，汉朝两次攻打河西走廊，大破匈奴，谁在指引？是张骞。每一场战役都打得熟门熟路，水草之地丝毫不差，补给充足。倘若他在匈奴王庭，远在内蒙古，他哪里会知道河西走廊的地理情况？

如果张骞被软禁在河西走廊，那么他打猎、放牧，很自然就把河西走廊的情况摸得一清二楚。匈奴对张骞比较宽松，我想只有一个原因，张骞会给匈奴人传授一些农事、医学等方面的知识。他是个"植物猎人"，不可能不懂中医。

张骞回到长安之后，要想闭口不谈在匈奴的生活经历是不可能的。他说，这十余年，我整天就是打猎放羊，思念汉朝。史书只留下寥寥数语：留骞十余岁，予妻，有子，然骞持汉节不失。

如果说苏武在匈奴一直放羊，饿得吃羊毛，那是因为他是个政治家，纯粹的使臣，性子又烈，是个倔脾气的刚烈人，一点都不肯妥协。也许他连匈奴语也不会说，只好去放羊，天寒地冻受苦。

张骞显然不一样，为了成为植物猎人他做了太多的准备。张骞内心深处有自己坚韧不拔的信念——我是汉朝的使臣，我得摸清匈奴的底细。他性情宽厚柔和，善于和人周旋，是个社会活动家。史书说他为人强力，宽大信人，为胡人所喜。

所以，张骞在匈奴的十余年里，除了放牧、打猎，他会帮助匈奴看病、种地、织布——这并非什么坏事，匈奴吃得饱、穿得暖，就减少对汉朝的掠夺。他也许会教授匈奴人汉语，这是一种文化的渗透。张骞具备一个植物猎人所具有的一切特质。

经验告诉我们，张骞要想得到他想要的东西，不能一毛不拔。苏武要的是烈烈气节，张骞要的是汉朝需要的情报和汉朝没有的植物。如果时光往后拉，一直拉，拉到近代。西方的植物猎人进入中国，他们并不是一进来就直扑植物，而是先给当地的老百姓治病，实施西医西药，给穷苦的人家给一点钱，给乡绅送点礼物。然后，把中国珍贵的植物分批运走，把中国的地图送到他们的国家。

有个英国的植物猎人，把中国珍贵的几万株茶树，依次运走。他得了疟疾，差点死在中国。但是，那些茶树日后都成为英国赫赫有名的茶园。

英国有名的植物猎人威尔逊，1903年踏入中国。在猎获植物途中摔断了腿，差点截肢。但他夹着夹板，拄着拐杖，连滚带爬，得到了他想要的植物岷江冷杉、地锦槭、神农箭竹。威尔逊从中国运走了五万多个植物标本，一千多袋植物种子。回到英国后，威尔逊让医生把残腿重新打断，再接回去。愈合后，他的腿一条短一条长，走路一瘸一拐。但他拖着残腿，直奔日本猎获植物——没有这种疯狂，当不了植物猎人。

晚年，他写道，我的一些朋友们说：当你在地球偏远的角落里艰难跋涉的时候，你一定经历了不少痛苦。是的，我是经历了痛苦，但这算不了什么，因为我住的是无边无际的自然殿堂，而且我深深陶醉其中。

这是植物猎人冒险的全部意义。

张骞的心思大抵也是如此。他滞留在匈奴的时间，我觉得大多数时间消耗在植物上。汉朝的河西走廊植被茂盛，祁连山植物多得难以数清。他住在大自然的殿堂里，做他的植物猎人，给大汉绘制精准的山河地形图。

张骞是个勇士，他的梦想是探险，猎获异域的植物，他在冒险中得到巨大快乐。匈奴的小福贵打动不了他——任何舒适对他来说，都是多余的。他就是喜欢无所畏惧地闯入西域，张望外面的世界。匈奴太小，不足以安放他狂野的心。

当然，这都是我一厢情愿的想法。张骞在匈奴生活的十余年时间是个谜，他身后的千年时光里人们还在持久地纠缠不休。

史书"留骞十余岁，予妻，有子，然骞持汉节不失。"这寥寥数语的背后，是巨大的空白。无物永恒，却总有一些东西长久地留在红尘里。比如"借时空繁衍之物的文字"和植物的种子。

我们可以读司马迁了解历史，确立自己精神上的遗传线。我可以挑选刘邦做我精神上的祖先，但我确实有匈奴人的基因。我的外祖父是"土著凉州人"，说着一口模糊不清的汉语——他把土豆叫桑约，把长相难看的人叫拓跋，把衣服叫森明。他长着阔脸，大眼睛，颧骨高，鼻翼宽，典型的匈奴人特征。所以我一厢情愿地认为我家门前张骞一定曾经路过。

汉朝和匈奴打来打去，消失的是匈奴王及其军队。而老百姓，一直都在河西走廊，都在凉州大地繁衍生息。

是的，万物无限，历史提供的信息浩瀚无度，你尽管去想象，可是往往会迷失其中——我和汉朝刘邦同一个姓，但我有匈奴血统。时间是虚幻的，没有为我们留下一个数据储存器，没有留下时光编码。你尽管去想象，去揣摩好了，想错了也没有关系，一切皆是虚幻梦影。

可是植物的种子，却真真实实在我们的生活里，提示你，这就是张骞从西域带回来的，核桃、芫荽、苜蓿、葡萄、石榴、大蒜、红蓝花、胡麻、胡豆皆是历史的印迹。

尽管我的想象力十分贫乏，但我仍然相信，张骞带回来的植物远远不止这些。他甚至带回了棉花，只不过没有大规模种植，皆因棉花对土地气候十分挑剔。在汉武帝的御花园里，棉花被当作一种花朵来欣赏。至少，张骞是独一无二的、不可模仿的、无法超越的植物猎人。

张骞第二次穿过河西走廊，进入西域，他觉得走入了真正的世界尽头——太阳拉长了升起和落下的距离，白昼那么长，长得令人惊讶。苍穹似乎打远古赶来，高得难以置信，满天的星星那么繁密，浮现又隐去。浩瀚无际的大地，还有他从没见过的植物，奇怪的建筑，难懂的语言。

他路过一大片天竺葵，从葡萄架下穿过。他吐故纳新，呼吸掺和着鸢尾花、酢浆草、苏铁树、野杜鹃芬芳的空气。眼睛简直不够用，他被异域风情的美所击倒。脚下是鹿角草、迷迭香、五叶地锦草、紫菀，每一种都美得近乎妖娆。这些花草的草籽，都被他收入囊中。

张骞看到一种植物，果实高高挂在枝头，散发着酒香。他拉弓射箭，把一枚枚果实射下来，剖开果实，取走籽。无论他走到哪里，幸运总是形影相随。

当地人向他展示各种植物，他负责拿到种子，带回长安。他在西域乡村的菜园里，见到各种各样的蔬菜，这是他的随从们极少留意的。然而张骞挑选其中一些他喜欢的，带走种子。他在西域猎取的植物范围非常广阔，搜集到的植物种类越来越多。

当地人告诉他，多伽罗香和没药能驱散瘟疫。他一定是设法带回这两种树的树苗回到长安。想来张骞带回的植物种类肯定不少，只不过很多没有成活——有些植物很皮实，有些植物对环境相当挑剔。

猎取植物的过程自然也很辛苦。他们在沙漠里行走，在丛林里休息，点燃火把赶夜路。张骞在杂草丛生的废墟里考察倒塌的建筑，破译石碑上的铭文。他把西域山川地貌熟记于心，绘图标记，回去献给汉武帝。我一直以为，汉武帝也是张骞的灵魂知己。

如果说张骞第一次出使西域是出于军事目的，那么第二次凿通西域，则更多是为了猎获植物。汉朝人口不断繁衍，加上匈奴西迁后的河西走廊大量荒地开垦，需要适合当地的农作物。中原大地种植的粟、麦、稻等粮食作物和柘、麻等植物，并不是适合河西走廊寒凉的气候。张骞的使命，重要的是寻找适合河西走廊的蔬菜农作物。至少，我觉得蔓菁和小茴香就是张骞从西域拿回来给河西走廊种植的。

汉武帝给他赏赐的那个官职，不能和他的贡献所匹配，但张骞何尝在乎过。他是个地道的冒险家，只为途中的快乐，而绝不是为了贪图一千石俸禄。

除了危险，他出使西域能得到什么好处呢？似乎没有。但是，西域的一切，沿途的一切，都被他切身体验过——生命如此真实，西域如此梦幻，日子散发出迷人的光晕。张骞的好奇心等同于寻找和发现，等同于失去和得到，等同于记忆和忘记，等同于司马迁的历史笔记。有这些神奇的存在，赏赐真的就不那么重要。最重要的东西，都在他的生命里体验过了。

是的，张骞路过了汉朝的全世界。

河西走廊，酒酿透千年时光

早在魏晋时期，河西走廊的人就爱喝酒。唐宋时更甚。热闹的街市，熙熙攘攘的人们。酒坊烟囱冒着柴烟，穿堂风掀起门帘，简陋的屋子里弥漫着酒糟的味道，有点酸，有点醉人。粟特人简单而庄严地封好一瓮一瓮酒，谈论粟米的价格。

河西走廊辽远的旷野里，葡萄叶子闪着太阳的光泽。村庄和庄稼洒落在天地之间。这个世界仅仅有美景就够了吗？不，还得有酒才行。

敦煌文献记载，唐时期酒户酿酒，用卧酒法——把蒸煮后的麦、粟发酵，压制，酿出酒液。这种酒的浓度较低，属于米酒。

我的家乡古浪，有一块巨大的石头，载入史籍，叫甘酒石。这个石头是用来酿酒的，防止酒变酸。

唐时，酿酒大致分为几个步骤，制曲、投料。投料就是酒本，粟米小麦之类的。接下来发酵、取酒。发酵时为了不至于酒液变酸，会加一点石灰，降低酒醪的酸度。所以"甘酒石"很出名。

米酒刚取出来，一般是酒糟和酒液混在一起，所以叫浊酒。为了喝得口感好一点，就要压榨、过滤，滤去酒糟。古诗中的"压酒"就是过滤酒液。敦煌文献《归义军衙内布纸破历》记载："同日支于酒户阴加晟、张再集二人漉酒粗布壹匹。"这两个人领到粗布，是为了过滤浊酒。

过滤出来的酒液比较澄澈，是生酒，口感还是不大温润。最后一道工序是加热，然后得到稳定口感的好酒。所以古人喝酒要温一温，那样酒液更加醇厚。

敦煌大户人家招待客人饮酒，也习惯喝热酒。民间有一种打短工的人可以上门服务，专门煮酒，敦煌文献中称为"就宅煮酒"人。文献记载说："（大云寺）安保德，煮酒一日。"大云寺临时派遣了一个短工去煮酒，但是工钱不一定付给煮酒师傅，可能是付给大云寺。也有一种酒户自己不酿酒，仅仅是中介，赚点跑腿费，也顺带给人家煮酒。

唐宋时河西走廊的酒坊主要是粟特人酿酒。粟特人善于经商，哪个利润高他们就搞哪个。粟特人掌握着核心的东西，把西域的酿酒技术拿到河西走廊，大赚一笔。有人说粟特人敛财的本能大于一切，他们一辈子是为了获利而不是修养。然而他们是商人，当然要逐利呀。对于粟特人来说，千里迢迢来到河西走廊，快乐不是目的，赚钱才是灵魂本质。

从敦煌文献记载来看，老百姓是拿粟米换酒喝。"粟七斗，卧酒屈画匠用。""粟一斗沽酒，看取础碾稞博士用。"这些酒是招待画匠和修石磨的师傅饮酒。

一般来说，画匠、泥塑匠、写匠这些从事文化艺术的工匠，酒量供给比较充足。木匠、弓匠、石匠、泥匠和褐袋匠这些重体力劳动的工匠，招待的酒比较少。

历史上，匠人们极少留下姓名，他们只活在这几行简单的文字里。虽然也和千年后的我们一样，有愉快、有苦恼、有心烦意乱、有迷茫困惑。我们知道的世界和他们熟悉的世界差别不大，荒野里大风呼啸，闹市里人声鼎沸。

家有万顷田，日食三升粟。粟是谷子，碾去壳后叫小米。河西走廊还盛产糜子，碾去壳后叫黄米。无论是敦煌还是凉州，我们的先祖特别喜欢喝两盅。家里不宽裕，就挖一升粟米去换酒。管他有钱没钱，先喝醉再说。这些酒鬼先祖们，他们接受生活考验，也接受悲苦的命运。他们伸手抓不住世界，只能抓住酒，只好抱着酒坛子呼啸而去。

酿酒就得有粮食。敦煌文献《归义军节度使衙酒破历》记载："七月三日，城西庄割麦酒一瓮。七月四日，支太子庄麦酒一瓮。七月十二日，南沙割麦酒一瓮……"这是晚唐时，官府给割麦人犒劳的酒。从这些文字看，小麦的种植很广泛，官府给受苦人管饭管酒。

唐时的河西走廊，耕地有三百万亩那么多。旱地每亩收一石左右，水地可不止一石，凉州有的地方可以收到每亩两石左右。当时主要的农作物是小麦、粟米和豆类。如果粮食丰收，小麦是首选口粮，那么粟米有剩余时，自然拿来酿酒。

当时的官府和寺院也有自己的酒户。官府可以喝得好一点，拿小麦酿酒。寺院和粟特人酿酒，多半是粟米。小麦是主粮，酿酒喝了太奢侈。寺院有一定数量的土地，那么掌握酿酒工艺的人家就会依附寺院，称为酒户。寺院供给酒本，酒户酿酒。不过，寺院的粮食不是很多，肯定酿酒也不会阔绰，只够本寺院的僧人喝。粟酒是米酒，度数低，僧人也可以喝，干活时解乏，抵御寒冷。官府也有自己的酒户，除了粟米，还可以用小麦酿酒。

如果不让河西走廊的古人喝酒，那么他们就会问，我们活着有什么意义？酒是引子，清晰而有穿透力地连贯着河西走廊的历史。

敦煌文献中，干活时招待匠人饮酒的记载很多。可见唐宋的河西走廊，老百姓喝酒是为了解乏御寒、恢复体力，不是为了诗万首、酒千斛。

《后晋时期净土寺诸色入破历算会稿》记载："粟壹拾陆硕三斗六升，卧酒沽酒，造钟楼时……工匠及众僧砂车牛人夫等三时食用。"卧酒，是指保温发酵，把粮食压榨三日才能制成酒。此处的意思，是指要把粮食作为酒本，预付给酒坊，然后从酒坊沽酒。酒本是酿酒的原料，老百姓沽酒，拿粟以物易物。

一直以为唐朝丰饶富丽，然而细读一条条文献，唐朝的河西走廊也有敝旧的一面。货场里堆着装满酒糟的牛毛褐袋，还有贸易的嘈杂声、废弃的酒坊、流浪的酒鬼，以及大车小车拉着干柴，嘎吱嘎吱走在街市。穷人家的女人在一堆旧衣服里翻来拣去，嘟嘟囔囔，破罐上落满灰尘。客栈里西域的骆驼客啃着胡饼，皮肤黝黑。巫婆披着黑袍子招摇过市。

唐朝的河西走廊也许是繁华的，但是那些契约告诉我们，即便是繁华的世界，背后也有阴影，也有虚无，也有捉襟见肘。

从敦煌文献大量的粮食借贷契约中看，粮食可以当钱使，很方便。啥都可以拿粮食换。粮食丰收的年份，大量的粟米流入粟特人的酒坊，酿成米酒。

无论唐宋还是西夏，粟特人一直活跃在河西走廊。他们的生意，敦煌文献有记载，西夏壁画有绘画。

粟特人的酒本，是种地人桑粮之后，他们从市场籴来的。也有预定，大户人家送来十几石粟，等这些粟酿成酒，再来沽酒。这种预定的交易，西夏人这么形容："我们摇树，别人拾果子。""拿我们的牛皮，裁他们的鞋子。"

除了酿造米酒，粟特人也经营葡萄酒之类的果酒。葡萄酒是粟特人常喝的酒。葡萄酒的工艺西域很成熟，粟特人直接引进到河西走廊即可。

还有一种叫胡酒，是粟特人把酿造好的酒液从西域驮来，不是在河西走廊酿造的。估计胡酒的原料比较复杂，河西走廊缺乏。

粟米酒，是河西走廊人喝得最多的酒，大概卖得不贵，老百姓喝得起。有文献认为，普通人家也可以酿酒。秋收之后，只要有剩余的粟米，农民便可在家酿酒。秋酿春饮，自得其乐。年景好一点的时节，普通人家一石米是有的，酿几坛酒，把酒话桑麻。人生太苦，得喝一点才行。也许，酒会使人的灵魂得到自由感、阔绰感，心胸变得开阔。

古人内心的想法，后世之人不得而知。然而我想，他们饮酒时必定是快乐的，那种简单的快乐，是伤痕得到治愈的快乐。如果生活里没有酒，他们一定会怨愤。

敦煌文献那些简短的文字，记录了走街串巷叫卖胡饼的小贩，风沙中老马拖着破车、敝旧衣衫的沽酒人，挣扎度日的画匠，贫寒的庄稼人。这些人真实的生活，被唐朝诗人豪情万丈的边塞诗所遮蔽。

有些东西会隔着时空传承千年——我生活的这座小城里，很多人家只要有余钱，就会拿来买酒喝。我们的先祖怎么过日子，我们后人也怎么过日子，尽管隔着千年时光，喝酒之心不可改变。

有人说，祖先和我们之间，区别是快乐的来源不同，对事物的认知有不同看法。然而就我们河西走廊的人来说，就寻找快乐而言，我们和祖先几乎没啥区别，都是通过喝酒得到快乐。如果谁觉得祖先比我们无知，那可就错了。千年时光，在历史里，也就是弹指刹那，没多远。

小时候，我爹喜欢喝米酒。离我们村不远，有个地方叫土门，那儿的人家酿黄米酒。我爹自行车上驮着一袋小麦，去换人家的米酒。我记得酒汁有点稠，颜色微微黄。至于味道，忘了，但是后劲大，很能醉人。唐宋的米酒不太醉人，喝完之后还要接着干活。大概是酿造技术不同，所以酒劲儿也大不一样。

敦煌的酒肆里，也许只需要一升粟米或十几文钱，就能买到一碗水酒。酒肆朴素，窗户外对着街市，石头街道上传来小贩的吆喝声、嘈杂声。墙上绘着葡萄缠枝，硕果累累。酒桌上陶土瓶子插着盛开的花朵。收工的匠人、种地的农人、闲聊的混混、独孤的侠客，都捧着粗瓷酒碗饮酒，大声说话，他们笑着、闹着。世界原本就这样，平凡又朴实。

总的来说，米酒是寻常老百姓干活累了、倦了时喝的，可解乏、提神。麦酒是有重大的节日或者招待尊贵的客人时有的，平常喝不起。

如果有贵客、有隆重的聚会，但是小麦酒卧不起，那就掺杂一些粟米卧酒。看这几条记载："粟一斗七升，麦一斗七升，卧酒，正月十日上窟纳官及僧食用。""麦五升，粟六升，卧酒，罗都头庄上看木去时用。""麦九斗，粟一石两斗，卧酒，岁付节料用。"

这些麦粟混合酿造的酒，是用在重大的事情上，如造屋、修路、逢年过节和收获时节等，不是饮酒作乐。他们对小麦酒，似乎有一种严肃的态度，绝不是吞花卧酒的那种浮。

另外古人还有一些奇奇怪怪的日子必须要饮酒——羊圈发愿酒、浇麦酒、马院发愿酒、祭拜酒、饮马群人泽神酒、造花树饮酒、寒食节祭酒、苏莫遮饮酒……我觉得古人很会找饮酒的理由。反正每个人都喝得理直气壮，干活喝酒，节日喝酒，重大活动喝酒。他们来到这个世界，一定就是为了喝酒。生生把河西走廊，喝成"河西酒廊"。

任何一种艺术都会在某个时代到达高峰，连老天都会帮助艺术家完成这个巅峰，达到自然的妙境，抵达精神世界。老天把河西走廊艺术地点选在敦煌，并派遣一瓮一瓮的酒汁，协助巅峰的到来。河西走廊的质地是银质地，而敦煌，质地是纯金。风沙吹了千年，吹去浮土，露出的仍然是银质的底子、金质的艺术。老天真的垂青于敦煌。

敦煌文献也有青稞酒的记载，主要在凉州。凉州南山一带，天气寒凉，生活着游牧民族，种植的农作物只有青稞。所以酿酒的酒本自然是青稞。青稞酒被唐宋人称为青麦酒。

青麦酒比较烈，度数高，不能大量饮用。这种酒多在游牧民族间饮用，抵御寒冷的天气。游牧民族把青麦酒和药材结合，酿成药酒。药酒一般都能活血化瘀，治疗体倦乏力。那时候的河西走廊的药酒也很有名。

药酒酿造时，在酒曲中加入磨碎的中药材，发酵后投入青稞料中，继续发酵，通过蒸馏提取酒液。也有直接把药材泡入青稞酒中饮用的。这两种方法，我居住的小城里仍然在用，而且数量不少。我自己也是常常喝一点青稞酒。人生寒凉，为啥不小酌一杯呢。

一般认为，青麦酒也叫清酒，酒劲大，杂质少，酒质高于浊酒，是药酒炮制的首选。而浊酒就是粟米酒，度数低，喝得比较普遍。

敦煌文献又载："准旧结蒲（葡）逐日早上各面一升，午时各胡饼两枚，至闰三月十三日午时……"这是一群农人被种葡萄大户雇来，开挖葡萄藤的支出。葡萄藤冬天要深埋地里，春天挖出来搭架。

敦煌种植的葡萄不少，酿酒户拥有自己的葡萄园。他们骑着马，去察看庄稼和葡萄田，而不是坐在屋檐下读书、喝酒、弹琵琶。他们热爱葡萄藤上的嫩芽，给大自然交出所有的虔诚。

秋天，大量的葡萄果串被送到酒坊酿酒。热气腾腾的酒坊里，雇工跪在酿酒炉前烧火，风倒灌进烟囱，柴烟熏他们的眼睛。酿酒师傅勾头看酒糟，伸出指尖蘸一点酒汁品尝。千年前的日子平淡无奇，也充满着辛劳和坚韧的忍耐。

敦煌人对葡萄很上心，葡萄园中结葡萄时，要举行隆重的赛神仪式。在《庚辰——壬午年间归义军衙内面油破历》记载："九日准旧，南沙园结葡萄，赛葡萄神细供五分……"

结葡萄赛神仪式，是粟特人带到敦煌的一种风俗，目的是祈祷葡萄茁壮成长，多结果实，获得丰收。仪式在初夏，葡萄园子里举行，隆重至极。

葡萄酒贵，大概是贵在酿造工艺上，毕竟这种技术很难掌握。就葡萄的产量来说，比较普遍。

不过，我觉得葡萄酒是粟特人的营销模式，比较有文化。一串一串硬朗而新鲜的葡萄果实，带着比外表更重要的东西浸入河西走廊的光阴。

粟特人在河西走廊做买卖、种葡萄、酿造葡萄酒。为了卖出大价钱，葡萄酒的宣传语是"养生"。古人多么爱养生啊。除此之外，粟特人把葡萄纹饰用于各种装饰，大规模举行结葡萄赛神的祈赛活动，就是为了让大家觉得葡萄很神圣，葡萄酒必须贵。

有学者认为："粟特人是葡萄纹样的创造者之一，也是图样文化的重要传播者。"粟特人很聪明，在丝织物、器皿、桌凳、酒具，甚至壁画中，大量绘制葡萄纹装饰——鸟儿衔着葡萄藤蔓、葡萄藤下一串一串的葡萄、葡萄藤下的胡腾舞……这些艺术的衍生，生动鲜活而更有说服力，让人对葡萄心生欢喜，所以贵一点也没有关系。

也可能在西域，粟特人对葡萄情有独钟，日常生活中葡萄有重要的意义，所以把葡萄文化带到敦煌来。粟特人把祈拜葡萄、祈求农作物生长的仪式习俗移到敦煌，祈祷葡萄丰收，酿酒生意兴旺，而被当地人接受并吸纳。

所以，除了粟特人，敦煌本地人也会举行结葡萄赛神仪式。敦煌是一个包容的地域，不会用透明的帷幔把世界挡在外面，而且善于把本地文化融于其中。

粟特人坐在自己的院子里，墙上被风吹动的绿色羊毛织锦，绘着紫葡萄缠枝纹。黄梨木卷耳低案，依然绘着葡萄纹。案上紫红的葡萄酒汁，在琥珀碗里散发出丝丝缕缕的清香。河西走廊的风吹过树篱，吹过沙漠里的城堡，吹过千亩葡萄田，把葡萄酒吹到中原的各个角落。

唐时，敦煌的粟酒价大约是一瓮四百文，一斗四十文左右。粟米沽酒，一瓮酒需要粟米一石三斗左右。葡萄酒"千钱沽一斗"贵得离谱，百姓那可喝不起。粟特人的驼队把葡萄酒运送到遥远的城市，连长安城里都弥漫着葡萄酒的清香。

敦煌文献的记载，透露着当时的河西走廊人穿什么、吃什么、喝什么，以及怎么赚钱。仔细读一遍，好像能触摸到唐人普通的一个早晨，完整又生动，能瞧得见粟特人冷漠的脸颊，能看见酒坊烟囱的柴烟，能听见仆人哀求一件过冬的衣裳。

读这些记载，觉得古人也是很忙的，不吃点酒似乎对不住光阴的磨损。在《年代不明净土寺诸色入破历算会稿》记载："粟三斗五升卧酒，堆园日众僧吃用。粟三斗五升卧酒，烧炭时用……粟贰斗沽酒，尚书安窟檐时将用……粟三斗五升卧酒，屈写匠用。粟七斗卧酒，请搬沙车牛用……"这样简短的文字不教诲什么，只是叙述一种真实的生活。可是真实的生活多么辛劳啊。你看这些活儿哪一样不琐碎？烧炭、安窟檐、砍木、书写，够忙碌的，真的需要喝两盅。

读到写匠，我笑了好久。如果上溯到古代，我便是个地道的写匠，干活儿时能混口酒喝。以前常常叫嚣着要穿越到唐朝去，看着这些记载，唐朝的日子太劳累，不去也罢。

家里有凉州葡萄酒，睡前喝一杯。毕竟在唐宋，千钱才能买一斗。喝吧，攻城拔寨一杯酒，高贵的灵魂很难遇到，庸常的生活无处不在。如果说一袭袈裟，把红尘放下。那么一杯浊酒，把怯懦放下，好去乘风破浪。

河西走廊的先祖，抱着酒坛子呼啸而去。他们比我们更能理解命运的无情，更能敏锐地感受到生之艰难。他们喝呀喝呀，喝不够。粟米拿去沽酒，羯羊牵去换酒，干柴拿去沽酒。啥也没有，就空着手去赊酒。

他们深知艰辛的生活背后所蕴含的悲凉，也不打算去减轻光阴的负重。就这样吧，饮一坛，是一坛。古人喝得酩酊大醉，一醉千年，酒钱忘了还，欠条还在千年后的时光里逐渐暗黄，古旧。那繁体的字迹，一个字挨着一个字，留下古人醉醺醺的日常。

苏幕遮

"所有的印象都会消失。"

那也不一定。所有的艺术，就是为了留住印象。

河西走廊，那些层层叠叠的旧光阴，被壁画、木简、羊皮经卷、莎草纸、绢书、碑刻、木俑陶俑——拓写下来，藏于流沙。在千年后的时光里，渐次与后世人遇见。

喏，这是你们的过去。敦煌壁画说。天梯山大佛说。凉州木简说。西夏石碑说。胡腾舞俑说。旧光阴显现在纸上、墙壁上、雕塑上。它是真实的，亦是虚幻的。

河西走廊，千年前的太阳和今天的太阳一样，热烈、直白，把中原诗人的衣袍晒干。风逃到沙漠，不吹。诗人们一边写凉州词，一边看大街小巷踏舞而歌的人群。

那时候的我呢？是凉州小巷里烧火的小丫头？是酒泉酒肆里打酒的伙计？也许，有可能还是敦煌洞窟里的画师呢。反正，都不一定。

但是，无论怎么样，二月初和七月初的河西走廊，我们都在跳名叫"苏幕遮"的舞蹈。什么是"苏幕遮"呢？

敦煌文献记载："粟三斗……二月八日郎君踏悉磨遮用。"意思是参加"苏幕遮"的男儿能得到粟米三斗，或者说，粟米换酒，给踏舞者饮用。喝了酒，跳舞才能狂放。天大地大，任凭我恣意舞蹈。

如果你叫"苏莫遮"或者"飒磨遮"都行，叫啥不是个叫呢，我们可不管那么多，只管跳舞。白天顶着太阳跳，夜里打着火把跳。跳苏幕遮，跳胡腾舞，跳西凉舞。时光深处，文人又记下一笔："七月，民间于盛暑以水交泼乞寒之歌舞戏……男女无昼夜歌舞。七日乃停。"

大街小巷挤满人，擂鼓的、奏乐的、呐喊的、跳舞的、泼水的。剽悍的男人戴着"大头仙人"面具——脸大，深目，高鼻子，头顶椎发，耳垂大环，踏舞高歌。女人戴着"苏幕遮"帽，身姿婀娜，衣袂飘飘。

那时候的我，除了跳舞，还要一趟一趟背水，背着"浑脱"取水。我的"浑脱"是羊皮做的，柔软、坚韧。过河时我骑"浑脱"渡河，打牛奶时用"浑脱"灌奶汁。当然，我也拿"浑脱"灌水。

如果你稍微想一想，就明白"浑脱"是羊皮做的囊袋，是我们河西走廊人家的水皮胎、羊皮筏子。那年张骞出使西域，路过河西走廊，渡河时就是骑"浑脱"到对岸的。他给我们留下了一些植物种子，叫蔓菁、叫茄连、叫芜荑。他是个"植物猎人"。我们叫他张大人，把他留下的那些叫不出名字的花花草草都叫"张大人花"。

人声鼎沸。是鼓乐声、舞步声、嬉闹声。"苏幕遮"舞步粗犷奔放，跳跃腾踏，急促旋转，充满力量感。我在鼓、钹、铃齐鸣的欢腾中，把怀中的水囊抢起来，一囊清水泼向载歌载舞的人群。如果我逃得慢，也会被别人泼水。我们的"苏幕遮"也算是泼水节，彼此泼洒嬉戏。

跳舞的女子，涂了胭脂，点了红唇，青黛画眉。被清水泼洒，女子的衣裳被泼湿，妆容被泼湿，脸上的水珠滴滴答答。于是，她们戴上"苏幕遮"继续跳舞戏水。"苏幕遮"是一种涂了油的宽檐笠帽，挡住劈面泼来的清水。这个帽子的名字，成了舞会的名字。

光阴漫漫，这样的印象投到木简上，投到莎草纸上，诗人写下四个字："泼寒胡戏"。

那么"苏幕遮"舞会跳个什么意思呢？

慧琳《一切经音义》卷四十一《苏莫遮冒》云："亦同'苏莫遮'，西域胡语也，正云'飒磨遮'。此戏本出西龟兹国，至今犹有此曲。此国浑脱、大面、拨头之类也。或作兽面，或像鬼神，假作种种面具形状；或以泥水沾洒行人；或持罗缩搭钩，捉人为戏。每年七月初，公行此戏，七日乃停。土俗相传云：常以此法禳厌，驱趁罗刹恶鬼食啖人民之灾也。"

但是我想，古人仅仅就是想找个由头跳舞。驱鬼时跳，祭天时跳，过年、过节也要跳。古人心里藏着万水千山，不跳舞就不足以表达似的。他们的身体在舞蹈，灵魂在舞蹈，声音也在舞蹈。李端《胡腾儿》诗云："胡腾身是凉州儿，肌肤如玉鼻如锥。桐布轻衫前后卷，葡萄长带一边垂。"

那时候，凉州七里十万家。如果我不泼水，就在骆驼巷里跳苏幕遮。我梳了半翻发髻，发髻高耸如翼，向一边倾斜。我穿什么好呢？和敦煌壁画里的那些女子们一样，圆领紧身窄袖衫，长裙披帛，脚穿乌靴，都很好看。

"路上灌水相泼，鼓舞跳跃而索寒。"这场狂欢中，我也一定有"苏幕遮"帽的，也许跳舞跳得比谁都好，会得到奖励。我坚信，千年前的河西走廊有另一个自己。

在语言和文字无法表达之时，就用舞蹈来呈现。有一回做梦，穿越到千年前的苏幕遮舞会。我在梦中哈哈大笑，在人群中踏歌而舞，腾挪跳跃，怀里抱着"浑脱"，一只手还牵着长角山羊。我的"苏幕遮"帽子呢？我的曳地长裙是什么颜色呢？

"真实的或者虚构的印象，直至在睡梦里都连续不断的印象……"醒来后读到这句话，想了好久。是苏幕遮在我的梦里，还是我在苏幕遮的梦里？或者这个世界是虚幻的？为什么千年时光，梦中瞬间即可抵达？

敦煌文献《丙寅年牧羊人兀宁状并判凭》记载："定兴郎君踏舞来白羊羖壹口。"公元966年正月，定兴一户人家的少年郎参加了苏幕遮踏舞，领得白羖羊一只。

这少年郎，一定跳得特别出色，雄健洒脱，刚毅奔放。正月的苏幕遮，大概和社火差不多吧。凉州的"攻鼓子"一定是为了给苏幕遮助威而遗留下来的鼓乐。

"苏幕遮"从西域传入河西走廊，后来成为唐朝的教坊曲名、宋朝的词牌名。范仲淹的《苏幕遮·怀旧》："碧云天，黄叶地，秋色连波，波上寒烟翠。山映斜阳天接水，芳草无情，更在斜阳外。"

写这首词时，范仲淹正在西北边塞，宋朝和西夏的交界之地。文字一旦出现，印象便不会消失。记忆是永远不会停止的。它使真实与虚构的人、梦幻与历史相互对应。

为什么要想起千年前的苏幕遮，追溯那个久远的时空呢？因为舞蹈啊，舞蹈。春天了，稻草人在田野里舞蹈，鸟群在湖泊里舞蹈，小兽在山顶舞蹈。千年后的我们在广场上舞蹈。

想起先祖，他们在哪里舞蹈？他们的胡腾舞、西凉乐舞、面具舞，是以怎样的舞步踩出河西走廊烟尘？我沉浸在想象里，沉浸在一个远古的苏幕遮舞会里——那点着火把的夜色里，舞姿摇曳，歌声高亢，鼓点急促。这些已经从时光中消失了的印象啊。河西走廊的历史浩大辽远，单单是想一遍苏幕遮就想累了。

我们接收到的先祖的信息，是文字、是壁画、是雕塑、是木刻陶俑。这些东西是一种感觉，传递着失去的印象，折射出时光的某一刻、某一个切面。

一群人的舞蹈，就是为了打破独自一人的孤独感，把内心感觉到的情绪，通过肢体表达出来。听，那些破空而来的古凉州歌谣："日月空中转，亮光地上留。河水漫土地，牲畜膘肥胖。君子住凉州，歌声扬四方……"